검은 천사

검은 천사 10

임영기 장편소설

초판 1쇄 찍은 날 § 2016년 11월 8일
초판 1쇄 펴낸 날 § 2016년 11월 15일

지은이 § 임영기
펴낸이 § 서경석

편집책임 § 이지연

펴낸곳 § 도서출판 청어람
등록번호 § 제387-1999-000006호
등록일자 § 1999. 5. 31
어람번호 § 제1-2559호

주소 § 경기도 부천시 원미구 부일로 483번길 40 서경B/D 3F (우) 14640
전화 § 032-656-4452 팩스 § 032-656-4453
http://www.chungeoram.com
E-mail § chungeorambook@daum.net

ⓒ 임영기, 2016

ISBN 979-11-04-91033-3 04810
ISBN 979-11-04-90701-2 (세트)

10 [완결]

나의 길

검은 천사

FUSION FANTASTIC STORY

임영기 장편소설

도서출판 청어람

차례

C O N T E N T S

검은
천사

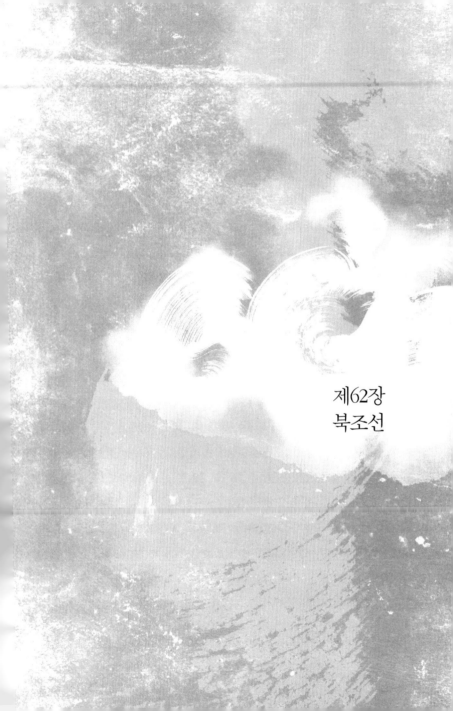

제62장
북조선

　김금화 씨가 연길 흑천상사 팩스로 은애 사진을 보냈다.

　정필은 사진이 인쇄된 A4 용지를 들고 김길우네 집으로 올라가서 거실 소파에 앉았다.

　A4 용지에는 예쁜 두 명의 여자가 나란히 서서 봄바람처럼 훈훈한 미소를 짓고 있다.

　꽃밭에서 허름한 반팔 여름옷을 입고 팔짱을 낀 채 카메라를 바라보고 있는 두 여자는 은애와 은주다.

　정필은 은애 사진만 원했는데 은주하고 같이 찍은 것뿐이어서 이 사진을 보낸 것 같았다.

은주는 두 번 다시 보고 싶지 않았는데 사진을 통해서 우연찮게 보게 되었다.

은애와 은주 둘 다 미인이다. 은애는 한국적인 미인이고 키가 조금 더 큰 은주는 서구적인 용모다.

정필은 거의 두 달 만에 은애의 모습을 사진으로나마 다시 보고는 가슴이 뭉클했다.

그녀의 벌거벗은 나체만 보다가 반팔 티셔츠에 헐렁한 치마를 입고 있는 모습을 보니까 조금 이상했다. 그래도 무척 반가워서 사진에서 시선을 떼지 못했다.

딸깍……

그때 주방 옆 방문이 열려서 정필이 쳐다보자 승희가 나오려 하고 있었다.

"오라바이 계셨슴까?"

그녀는 양손으로 문기둥과 문을 잡고 조심스럽게 한 발자국씩 내디디며 밖으로 나왔다.

정필은 사진을 소파에 내려놓고 승희에게 다가갔다.

"화장실 갈 거니?"

"네……"

정필은 두말 않고 승희를 번쩍 안아서 화장실로 데려갔다.

승희는 평화의원에서 물리치료를 받고 있는 중이라서 이제는 혼자서도 화장실에 갈 수 있다.

그렇지만 화장실에 가고 오는 데만 몇 분이 걸리고 변기 앞에서 옷을 내리고 뒤처리를 하며 옷을 입는 데는 더 오랜 시간이 소요된다.

그래서 한 번 화장실에 다녀오면 파김치가 되고 볼일을 보는 것까지 합하면 20분 이상 잡아야 한다.

승희는 혼자 화장실에 가는 것이 힘들기도 하고 이미 정필이 여러 번 그녀를 화장실에 데려다주었기 때문에 익숙해져서 가만히 그에게 안겨 있었다.

정필은 승희를 변기 앞에 세우고 트레이닝복 바지와 팬티를 내려주었다.

"혼자 할 수 있습다⋯⋯."

승희는 아래로 손을 뻗었으나 강경하게 저항하지는 않고 입으로만 그렇게 말했다.

트레이닝복 바지와 팬티를 무릎 아래까지 내리니까 뽀얗고 탄탄한 허벅지와 은밀한 부위에 수북하게 자란 밀림이 드러났다.

그녀의 허벅지는 그냥 서 있기만 하는 데도 단단한 근육이 선명하게 나타났다. 과연 똑뚱뚱난 버덕나난 소늑의 여진사다운 모습이다.

승희는 부끄러웠지만 손으로 가리거나 몸을 움츠리지는 않았다.

이상한 일이지만 정필이 자신의 은밀한 곳을 보는 것이 부끄러우면서도 그는 그래도 된다는 생각이 들었다.

하긴 정필은 그녀가 똥을 쌌을 때 몸을 구석구석 씻겨주기도 했었는데 무엇이 부끄러울까.

정필이 승희를 조심스럽게 붙잡아서 변기에 앉혀주고 밖으로 나가려고 했다.

"오줌만 눌 겁다."

소변만 볼 건데 번거롭게 나갔다가 다시 들어오지 말고 여기에 그냥 있어도 된다는 뜻이다.

정필이 우두커니 서 있으니까 승희가 예전처럼 두 손으로 그의 팔을 잡았다.

쏴아아…….

오래 참았는지 조용한 화장실 안에 오줌 누는 소리가 세차게 꽤 오랫동안 들렸다.

승희는 오줌 누는 소리가 이렇게 크게 날 줄은 몰랐다. 그래서 밖으로 나가려는 정필을 괜히 붙잡았다는 후회가 들어서 그를 살짝 올려다보았다.

그러다가 그녀를 굽어보고 있는 정필하고 시선이 딱 마주쳐서 깜짝 놀랐다.

정필이 승희를 안아서 방에 데려다주려니까 답답하다고 거실 소파에 내려 달랬다.

"이기 누굼까? 애인임까?"

승희는 소파에 놓인 사진을 보고 물었다.

"찾을 사람이야."

정필은 사진을 둘둘 말아서 안주머니에 넣었다.

"오라바이."

정필이 일어서려는데 승희가 말했다.

"만호 언제 오는지 궁금해서 그러니?"

"그기 아임다."

승희는 옆에 앉은 정필을 바라보고는 고개를 숙였다.

"오라바이 같은 분을 제가 죽이려고 했다는 거이 참말 한심하기 짝이 없슴다."

승희는 그동안 같은 방을 쓰는 송이나 서동원 아내 방실이 등을 통해서 정필이 얼마나 훌륭한 사람인지 귀가 따가울 정도로 들었다.

정필은 승희 머리를 쓰다듬었다.

"괜찮다."

누구보다도 강한 여전사 승희는 정필이 친오빠나 연인처럼 여겨졌다.

"오라바이, 저 소원이 있슴다."

"말해봐라."

"부모님하고 만호 남조선에 보내고 저는 여기 남아서리 오라바이를 돕고 싶습다."

"승희, 너……."

"공짜 아임다. 월급 받으면서리 일하고 싶습다."

정필은 몸을 틀어 승희를 빤히 주시했다.

승희는 어떤 식으로든 정필에게 은혜를 갚고 싶다는 자신의 속내를 드러내지 않으려고 부단히 애썼다.

"오라바이는 부자 아임까? 저는 돈 많이 벌고 싶습다."

"이유가 그거뿐이냐?"

"네."

"솔직하게 말하지 않으면 거절하겠다."

승희는 찔끔했다.

"오라바이한테 은혜를 갚고 싶습다."

정필은 그럴 줄 알았다는 표정을 지었다.

"저한테 있는 거이 몸뚱이하고 싸움하는 기술뿐이라서 그거를 오라바이를 위해서 쓰갔습다."

정필은 승희를 물끄러미 쳐다보았다. 그녀는 북한 특수부대 폭풍군단 벼락여단 출신이라서 그녀가 돕겠다고 하면 쓰임새가 많다.

승희는 정필이 거절할까 봐 바싹 긴장해서 입술을 잘근잘근 깨물다가 조심스럽게 말했다.

"오라바이, 애인 있슴까?"

"그건 왜 묻냐?"

"기냥……."

"애인 없다."

"저……."

승희가 머뭇거렸다.

"왜 그러니?"

"오라바이, 소영 언니하고 그러는 거이 저 알고 있슴다."

정필은 갑자기 뒤통수가 뻐근해졌다.

"뭘 알아?"

"송이하고 정낭에 가다가……."

정필은 불길한 생각이 들었다.

"오라바이가 소영 언니 방에서 그거이 하는 소리 들었슴다."

"……."

정필은 얼굴이 확 달아올랐으며 말문이 막혔다. 그는 소영
이 떠나기 전날 밤에 그녀와 섹스를 했었는데 설마 그걸 승희
가 알고 있을 것이라고는 짐작도 하지 못했었다. 게다가 송이
도 같이 늘었다는 것이다.

그런데 승희가 무슨 이유로 갑자기 그 얘길 하는 것인지 모
르겠다.

"너……."

"소영 언니 남조선에 갔잖습까?"

정필이 물으려는데 승희가 얼굴을 발갛게 붉히면서 말했다.

"그런데?"

"고롬… 정필 오라바이래 앞으로 고거이 하고 싶을 때 누구하고 함까?"

승희의 당돌함에 정필은 어이없는 표정을 지었다.

"네가 그걸 알아서 뭐 하게?"

"할 에미나이 없으면 고조 저하고 하기요."

"뭐?"

"오라바이 고거이 하고 싶으면 참지 마시고 저한테 하자고 말하면 됩다."

"승희야."

"고조 아무 부담 가질 필요 없습다이."

말은 그렇게 하면서도 승희는 죽을 것처럼 부끄러워서 고개를 푹 숙이고 있는데 목덜미까지 빨개졌다.

정필은 너무 어이가 없어서 말문이 막혔다. 그렇지만 승희가 왜 이러는지 알 것 같았다.

승희는 정필과 소영이 섹스하는 것을 우연히 알게 되어 그가 성욕을 느낄 때마다 소영을 섹스 파트너로 삼았다고 짐작한 모양이다.

그래서 소영이 대한민국으로 떠난 현재 정필이 성욕을 느끼면 자신을 소영 대신으로 삼으라는 것이다.

그녀는 그렇게 해서 정필에게 받은 은혜를 조금이라고 갚고 싶은 모양이다.

정필은 26살의 팔팔한 청년이라서 가끔씩, 아니, 거의 매일 아침 왕성한 성욕을 느끼고 있다. 그렇지만 충분히 자제할 수 있으며 지금까지 그렇게 해왔었다.

만약 은주의 배신과 다혜의 혼수상태 등 몇 가지 충격적인 계기가 없었다면 그는 절대로 소영이나 영실, 향숙을 안지 않았을 것이다.

성욕을 참는다고 해서 죽는 게 아니니까 몇 년쯤은 끄떡없이 견딜 수 있다.

"승희야, 그 얘기는 안 들은 걸로 하겠다."

"오라바이, 뭐이가 문제임까? 제가 괜찮다고 하는데 어째서 그럼까?"

승희는 폭풍군단에서 복무할 때 남자 군인들이 성욕을 참지 못해서 여자만 보면 환장을 하고 껄떡대던 모습을 눈에서 진물이 나도록 많이 봤었다.

성필노 그런 남자 군인들하고 별반 다를 바 없을 것이니까 자신이 섹스 파트너가 돼주는 것이 그를 위하는 일이라고 생각했다.

"너, 남자 경험 있니?"

정필이 지금 승희의 모습을 봤을 때 숫처녀거나 아니면 남자 경험이 손가락으로 꼽을 정도일 것이다.

"고롬요. 아주 많슴다."

승희는 얼굴을 붉히면서도 힘차게 고개를 끄떡였다.

정필은 말로 해서는 승희를 설득하기 어렵다고 생각했다.

"알았다. 들어가자."

"옴마야……."

정필이 번쩍 안고 일어서자 승희가 화들짝 놀라서 낮게 소리쳤다.

정필은 승희를 그녀의 방 침대에 눕히고 위아래 입고 있는 트레이닝복을 벗기는 시늉을 했다.

"나 급하니까 지금 한 번 하자."

"아아… 오라바이……."

승희는 본능적으로 몸을 움츠리면서 방어했다.

그러고는 정필이 손을 떼려고 하니까 깜짝 놀라면서 급히 트레이닝복 상의 지퍼를 내렸다.

지익…….

"아… 알았슴다. 옷 벗을 기니까 잠시 기다리기요."

정필이 한 걸음 뒤로 물러나자 승희는 힘겹게 일어나 앉더니 주섬주섬 트레이닝복을 벗기 시작했다.

정필은 승희가 몹시 당황하고, 또 옷을 벗는 손이 바들바들 떨리는 것을 보았다.

그래서 그가 몸을 돌려서 방을 나가려니까 승희가 다급하게 그를 불렀다.

"오라바이! 기다리기요! 금방 벗슴다!"

돌아선 정필은 트레이닝복 상의를 다 벗고 브래지어를 벗으려고 하는 승희를 보며 굳은 표정으로 말했다.

"승희야, 그렇다면 나는 내가 구해준 북한 여자들하고 다 그걸 해야 되는 거냐?"

"……"

"너 그런 말 하려거든 부모님하고 만호 따라서 대한민국에 가는 게 좋겠다."

툭…….

브래지어가 풀어져서 승희 무릎에 떨어졌다.

그녀는 드러난 유방을 가릴 생각도 하지 않고 놀란 얼굴로 정필을 바라보았다.

"알갔슴다. 그런 말 앙이할 테니끼니 쫓지 마시라요."

정필은 새벙, 심실우, 옥난가와 함께 연길숭의병원의 다혜에게 들렀다.

다혜는 별 차도가 없다. 정필이 전에 봤었던 그녀의 손가락 떨림은 의사 말처럼 그저 근육 강직이었던 모양이다.

정필은 착잡한 심정으로 병원을 나와 차를 타고 일행과 함께 연길을 벗어났다.

정필 일행이 연길에서 2시간을 꼬박 달려서 도착한 곳은 첩첩산골에 있는 백두산 자락 백하진(白河鎭)이라는 마을에서 꼬불꼬불 산길을 한 시간이나 더 올라간 곳이다.

그 산골 마을에는 띄엄띄엄 낡은 집들이 있는데, 다 합쳐봐야 열 가구가 채 되지 않는다.

그 산골 마을에서도 가장 외딴 산기슭에 나이든 노총각 삼 형제와 홀어머니가 사는데, 그 집에 공변숙을 팔았다.

정필 일행은 산골 마을 어귀에 차를 대놓고 걸어서 삼 형제 집으로 올라갔다.

눈이 수북하게 쌓인 가파른 산길을 무릎까지 푹푹 빠지면서 정필과 옥단카, 재영, 김길우가 일렬로 늘어서서 걸었다.

이런 산골 마을 사람들은 한겨울이면 눈에 보이는 모든 것들이 꽁꽁 얼어붙기 때문에 아무것도 할 일이 없어서 겨울 내내 집 안에 틀어박혀서 지낸다.

늙은 노모와 함께 사는 노총각 삼 형제는 그래서 겨울이 제일 싫었다.

봄, 여름, 가을에는 도처에 일거리와 재밋거리가 널려 있어서 시간 가는 줄 모르지만 겨울에는 전기도 들어오지 않는 집에서 하루 종일 뒹굴거려야 하기 때문이다.

그렇지만 올겨울, 아니, 정확하게 13일 전에 삼 형제에게 하늘의 축복이 내렸다.

34살의 제법 예쁘장한 여자가 삼 형제 집으로 그냥 굴러들어 온 것이다.

원래 삼 형제는 인신매매 브로커에게 북한 여자를 사려고 푼푼이 돈을 모았었다. 그렇지만 여자 3명을 사기에는 턱없이 부족한 액수다.

그런데 13일 전에 어떤 낯선 사내가 불쑥 찾아와서는 34살의 예쁜 여자를 3천 위안을 받고 삼 형제에게 팔았다.

삼 형제는 여자를 누가 차지할 것인지 의논 같은 것도 하지 않았다.

삼 형제의 공동 마누라로 삼으면 될 것이기 때문이다.

정필 일행이 도착했을 때 통나무와 흙으로 지은 집과 헛간, 그리고 눈을 쓸어내서 흙바닥이 드러난 마당에는 아무도 보이지 않았다.

정필처럼 검은색 파카를 입은 재영이 앞장서서 마당을 가로질러 성큼성큼 집으로 다가갔다.

끼이…….

나무 문을 여니까 실내에서 후덥지근한 공기와 여러 가지 퀴퀴하고 역한 냄새가 훅! 하고 끼쳐왔다.

그렇지만 정필 일행을 가장 자극한 것은 문을 열자마자 실내에서 쏟아져 나오고 있는 여자의 비명에 가까운 처절한 신음 소리였다.

"아악! 하아아… 하악! 아아… 악! 악!"

앞장서서 문을 연 재영이 멈칫했으나 곧 그게 무슨 소리인지 깨닫고 흐릿한 미소를 지으며 집 안으로 성큼 들어가고 정필 등이 뒤를 따랐다.

집 안은 두 개의 공간으로 나누어져 있었다. 정필 일행이 들어선 입구 쪽에 흙바닥에서 30㎝쯤 높은 부엌이 딸린 방이 있으며, 오른쪽에 벽이 가로막혀 있고 벽 너머가 또 하나의 방인 것 같았다.

말하자면 하나의 너른 공간 가운데에 벽을 세워서 두 개의 공간으로 나눈 것이다.

문은 재영이 방금 열고 들어온 바깥문이 전부다. 안에는 방 두 개가 'ㄷ' 자 형태로 앞쪽이 터져 있다.

정필 일행이 보니까 첫 번째 방바닥에 누가 이불을 덮고 자고 있었다. 수세미처럼 마구 헝클어진 하얗게 센 머리가 이불 밖으로 드러난 걸 보니 삼 형제의 노모인 듯했다.

옆방에서 여자의 숨넘어가는 비명 소리가 시끄럽게 들리는

데도 노모는 꼼짝도 하시 않았다.

재영이 앞서서 안쪽으로 걸어갔다.

그리고 잠시 후 정필 일행 눈앞에 나타난 광경은 죽을 때까지 절대로 머리에서 지워지지 않을 한 편의 무삭제 포르노 영화였다.

오른쪽 방에는 한 명의 여자와 세 명의 남자가 벌거벗은 채 한 덩어리가 되어 방바닥에서 뒹굴고 있었다.

세 명의 사내는 물어보나마나 이 집의 노총각 삼 형제고 여자는 공변숙이다.

공변숙이 삼 형제를 상대로 섹스를, 아니, 성 고문을 당하고 있는 것이다.

재영이 그 꼴을 보고 통쾌하다는 듯이 중얼거렸다.

"풋, 공중변소가 따로 없군?"

공변숙에게 공중변소라는 별명을 처음 지어준 사람이 재영이었다.

옥단카는 그 광경을 보더니 눈을 동그랗게 뜨고는 잠시 동안 그 자리에 얼어붙어 서 있다가 몸서리를 치면서 급히 정필의 뒤에 숨었다.

그녀는 지난번에 정필이 화장실에서 권보영을 짓밟을 때 옆에서 지켜보았다.

그때 정필은 너무 분노한 나머지 옥단카의 존재도 망각한 채 권보영을 강간했었다.

옥단카는 그때 생애 최초로 남녀가 섹스하는 광경을, 그것도 1m도 안 되는 거리에서 생생하게 지켜보면서 무척 놀랐었다.

정필의 그것이 그렇게나 클 줄 몰랐다. 그리고 그것이 뒤돌아서 엎드려 있는 권보영의 엉덩이를 공격하는 것을 보고 심장이 멎는 줄 알았었다.

그렇지만 그 사람이 정필이었기에 옥단카는 도망치지 않고 끝까지 지켜봤었다.

언젠가는 자신이 정필의 여자가 되어야 하기 때문에 남의 일처럼 생각되지 않았던 것이다.

삼 형제와 공변숙은 섹스에 열중한 나머지 정필 일행이 지켜보고 있다는 사실도 깨닫지 못했다.

그때 재영이 가볍게 박수를 쳤다.

짝짝짝……

"자! 그만해라. 공연 취소됐다."

삼 형제 중에 공변숙을 애무하던 두 명이 동작을 멈추고 정필 일행 쪽을 쳐다보았다.

하지만 공변숙과 섹스에 열중하고 있는 사내는 방금 그 소리를 듣지 못했는지 헐떡거리면서 정신없이 하던 행위를 계속하고 있었다.

두 사내는 놀라고 당황한 표정으로 정필 일행을 쳐다보다가 중국말로 외쳤다.

"너희들 뭐야?"

재영은 묵묵히 품속에서 cz-75를 꺼내 끼럭끼럭 소음 부스터를 맞춰 끼웠다.

두 사내는 그걸 보고 안색이 하얗게 질렸다.

재영이 권총을 두 사내에게 겨누고 권총 끝을 까딱거리면서 일어나라는 시늉을 하자 그들은 두 팔을 머리 위로 번쩍 들고는 엉거주춤 일어섰다.

40대 중후반의 두 사내는 시골에서 억세게 일만 해서 그런지 건장한 체구에 근육이 단단했다.

또한 아직 만족을 채우지 못한 그것이 지금 어떤 상황인지도 모른 채 철없이 두 사내의 사타구니에서 끄떡거렸다.

섹스를 하고 있는 사내는 뒤에 있는 정필 일행을 아직 발견하지 못했다.

그에게 깔려 있는 공변숙 역시 아무것도 알지 못하고 비명인지 신음인지 모를 소리만 질러댔다.

우연인지 두 다리를 활짝 벌리고 있는 공변숙과 그 위에 엎드린 사내가 섹스를 하는 광경이 적나라하게 노출됐다.

정필 일행은 본의 아니게 그런 광경을 바로 코앞에서 목격하게 되어 뜨악한 표정으로 서 있었다.

그때 재영이 성큼 방으로 올라가더니 발로 사내의 엉덩이를 냅다 걷어찼다.

"그만하랬잖아!"

퍽!

"와!"

"꺅!"

사내와 공변숙이 동시에 비명을 질렀고, 그 바람에 붙어 있던 남녀의 몸이 분리되었다.

나동그라진 사내는 우뚝 서서 권총을 겨누고 있는 재영과 정필 등을 발견하고, 또 한쪽에 서서 두 팔을 들고 있는 형제를 보고는 놀라서 허둥거렸다.

반면에 공변숙은 다리를 벌린 자세로 누워서 숨을 할딱거리며 눈알을 이리저리 굴리다가 정필을 발견하고는 놀라서 숨을 헉! 하고 들이켰다.

그녀는 사타구니가 희뿌연 액체로 범벅이 된 상태에서 정필을 바라보면서 눈을 한껏 커다랗게 뜨고 울먹거렸다.

그런데 바로 그때 첫 번째 방 쪽에서 삼 형제의 노모가 낫을 들고 득달같이 달려들면서 알아듣지 못할 중국말로 뭐라고 악을 써댔다.

가장 가까이 있는 정필은 노파를 힐끗 쳐다보기만 했다. 그의 뒤에 있던 옥단카가 노파를 향해 달려가는 것을 봤기 때문이다.

퍽!

옥단카는 노파가 낫을 휘두르기도 전에 발로 그녀의 복부를 걷어차서 그 자리에 고꾸라뜨렸다.

그러고는 방으로 끌고 가서 줄로 꽁꽁 묶고 입에는 양말을 쑤셔 넣었다.

공변숙은 상체를 일으켜서 두 다리를 뻗은 채 앉아 정필을 바라보며 눈물을 흘렸다.

"제가 잘못했어요… 이제 벌은 그만주세요……."

공변숙은 대한민국에서 제법 잘나가는 변호사다. 영리한 그녀는 자신이 어째서 이런 형벌을 받고 있는 것인지 추측해 냈다.

자신이 대한민국에서 한유선과 혜주를 비롯한 탈북자들을 언론에 끌어내서 공격한 것과 연길까지 와서 베드로의 집에 쳐들어가서 그곳에 은신해 있던 탈북자들을 중국 공안에 체포되게 만들었기 때문일 것이라고 유추해 낸 것이다.

"이 개년이 어디에서 주둥이를 나불거려?"

빽!

"악!"

재영이 발로 복부를 걷어차자 공변숙은 뾰족한 비명을 지르면서 뒤로 벌렁 자빠졌다.

"끄으으……."

그녀는 숨이 막히는지 두 손으로 복부를 쓸어안고 얼굴이 하얗게 질렸다.

재영은 분이 덜 풀렸는지 공변숙의 옆구리를 한 번 더 걷어찼다.

퍽!

공변숙은 데구르르 굴러서 벽에 부딪치더니 몸을 바들바들 떨면서 고통스러워했다.

"야, 이 쌍년아! 너 때문에 한유선이 죽었다!"

공변숙이 한유선, 혜주 모녀를 물고 늘어지니까 기자들이 집요하게 취재를 했고, 그 과정에 한유선, 혜주 모녀가 통일부 산하 모처에 있는 모습이 사진에 찍혔었다.

재영은 그녀들이 그런 식으로 노출됐기 때문에 암살이 가능했던 것이라고 해석했다.

재영은 벽 아래에 누워 있는 공변숙 옆에 한쪽 무릎을 꿇고 그녀를 내려다보며 눈을 희번덕거렸다.

"한유선이 어떻게 죽었는지 가르쳐 줄까? 엉?"

재영이 옥단카에게 팔을 뻗었다.

"옥단카, 칼 줘."

탁!

말이 떨어지기 무섭게 옥단카의 단검이 날아와 재영 옆 바닥에 꽂혔다.

재영은 단검을 뽑아서 공변숙 목에 들이대고 눈을 번뜩였다.

"한유선은 목이 잘라져서 죽었다. 너도 그렇게 죽어봐라, 이 쌍년아."

"으아아아……."

재영이 목을 자를 것처럼 하자 공변숙은 공포에 질려 온몸을 떨면서 자지러졌다.

"공중변소, 너 빨갱이지?"

"아아……."

"너 빨갱이 맞지? 대답 안 해?"

"아아… 마… 맞아요……."

공변숙은 자신의 목에 닿아 있는 단검의 차가운 느낌 때문에 제정신이 아니다.

"너 간첩이지?"

"아아… 아니에요……."

공변숙 얼굴은 눈물, 콧물로 뒤범벅이다.

"잘못했어요……. 살려주세요, 제발……."

정필 일행은 공변숙을 데리고 도문에서 가까운 두만강 강가로 갔다.

밤 10시, 정필은 두 손을 묶고 눈을 가린 공변숙을 차에서 내리게 하여 강가로 걸어갔다.

공변숙은 차에서 살려 달라고, 또는 어디로 가느냐고 묻다가 인정사정없는 재영에게 얻어터지고는 지금은 이끄는 대로 순순히 따라가면서도 입도 벙긋하지 않았다.

사박사박…….

정필 일행은 공변숙을 데리고 얼어붙은 두만강을 걸어가다가 중간 조금 못 미친 곳에 멈췄다.

정필이 고개를 끄떡이자 김길우가 공변숙의 뒤로 묶인 줄과 눈을 가린 안대를 풀어주었다.

"아……."

공변숙이 두리번거리자 재영이 그녀의 양쪽 어깨를 잡고 북한 쪽을 향해 똑바로 세웠다.

정필은 멀리 보이는 강 건너 불빛을 가리켰다.

"저기 보이는 불빛을 향해서 똑바로 가야 한다. 그럼 살 수 있다."

"저… 기가 어딘가요?"

탁!

"악!"

재영의 주먹이 여지없이 공변숙의 뒤통수를 후려갈겼다.

재영이 cz—75로 공변숙의 등을 쿡 찔렀다.

"이 개년아, 살려주면 고마워할 줄 알아야지 저기가 어딘 걸 알아서 뭐 해?"

그는 손으로 공변숙의 뒤통수를 세게 밀었다.

"어서 가라."

"아……."

공변숙은 비틀거리면서 앞으로 달려 나가다가 풀썩 쓰러지고는 일어나며 뒤돌아보았다.

"돌아보면 네년 면상에 총알구멍이 뚫릴 거다."

공변숙은 뒤돌아보려다가 화들짝 놀라서 급히 앞을 보고는 천천히 비틀거리며 걷기 시작했다.

정필과 옥단카, 재영, 김길우는 나란히 서서 어둠 속에서 점점 멀어지고 있는 공변숙을 지켜보았다.

두만강 건너 강둑 위에 불이 켜 있는 곳은 북한 국경 수비대 초소다.

공변숙이 그곳에 가서 문을 두드리면 그때부터는 북한 국경 수비대 병사들이 알아서 그녀를 처리할 것이다.

그녀가 어떻게 될지는 정필로서도 알 수가 없다. 다만 그녀가 그렇게나 김일성 주체사상에 흠뻑 심취해 있고, 하는 짓마다 북한을 찬양하면서 빨갱이 짓을 일삼으니까 그럴 바에는 아예 북한에 가서 살라고 보내주는 것이다.

그녀를 죽일 수도 있지만 그건 너무 간단하다. 북한에 직접 들어가서 그녀가 그토록 신봉하고 찬양하는 지상낙원 북한을 겪어보면 알 것이다.

그녀는 북한에서 조사를 받게 될 것이고 대한민국에서의 신분과 과거 그녀의 행적이 드러나면 모르긴 해도 탄압을 받거나 하진 않을 것이다.

어쩌면 대한민국에서의 김일성 주체사상 신봉과 빨갱이 짓 덕분에 공화국 영웅으로 대접받으면서 대대적인 선전 도구로 사용될는지도 모른다.

어쨌든 공변숙은 이제부터 대한민국에 있는 남편과 토끼 같은 아들딸을 일체 만나지도 보지도 못한 채 북한에서 살게 될 것이다.

북한에서 공화국 영웅 대접을 받으면서 호의호식을 하든지, 철저한 감시와 통제 속에서 숨죽이면서 살든지 그건 정필 등이 알 바가 아니다.

정필은 적외선 망원경을 꺼내 공변숙이 어떻게 하는지 지켜보았다.

정필 생각에 공변숙은 북한 국경 수비대 초소로 갈 수밖에 없다. 캄캄한 밤에다 근처에 불이 켜져 있는 곳은 거기뿐이기 때문이다.

그로부터 15분쯤 지난 후에 공변숙이 두만강 건너 강둑 위 국경 수비대 초소 앞에 도착한 모습이 적외선 망원경에 포착

됐다.

공변숙이 초소 문을 두드리는지, 어쩌는지 그 앞에 서 있는데 초소에서 병사 한 명이 나오는가 싶더니 잠시 후에 병사들이 우르르 밖으로 쏟아져 나와 공변숙을 둘러쌌다.

평화의원이 이사 갈 건물을 구했다.

연길 최대의 한식당 삼천리강산에서 60m쯤 떨어진 4층 건물인데 정필이 시세보다 절반 정도 더 웃돈을 얹어주고 전격적으로 매입했다.

이 건물에 들어 있던 점포들이 다 이사를 나가고 나면 병원에 적합하도록 대대적인 공사에 들어갈 것이고, 2개월 후에 공사가 끝나면 평화의원이 입주하여 재개원을 한다는 계획을 세웠다.

연길중의병원에 입원해 있는 다혜에게 들른 정필은 그곳에 한 시간쯤 앉아 있다가 영실네 집, 즉 미카엘의 성에 돌아왔다.

일 층 거실에 정필과 최측근들이 모여 앉았다.

정필과 재영, 김길우는 지금까지 정필이 벌여놓은 일에 대해서 총체적으로 검토를 하고 있는 중이다.

첫 번째는 탈북자들을 구출하고 보호하며 마지막에는 대한민국으로 보내기 위해서 마련된 연길의 모든 전반적인 시스템에 대한 점검과 검토다.

연길에 있는 탈북자들을 위한 정필의 시스템은 흑천상사를 비롯하여 엔젤하우스, 베드로의 집, 삼천리강산, 평화의원, 그리고 미카엘의 성이 있다.

두 번째는 탈북자들을 가장 빠르게 대한민국으로 입국시키기 위한 수단 중에 하나인 위해시 꽁타첸의 어선들이다.

원래 꽁타첸은 두 척의 어선으로 조업을 하면서 한 달에 한두 번 정도 탈북자들을 태우고 서해 바다 영해상으로 나가서 대한민국 해양 경비함에게 탈북자들을 인계해 주는 일을 꾸준하게 해왔다.

지난 두 달 동안 꽁타첸은 다섯 차례 탈북자들을 태우고 출항했으며, 한 번도 실패하지 않고 대한민국 해양 경비함에 인계하고 돌아왔었다.

그렇게 해서 지금까지 대한민국에 입국한 탈북자가 정확하게 187명이다.

꽁타첸의 어선이 지금보다 더 자주 한 달에 서너 번이나 대여섯 번씩 훨씬 더 많은 탈북자를 실어 나를 수도 있지만, 현재의 정필은 그렇게 많은 탈북자를 구하지 못하고 있는 실정이다.

정필이 벌여놓은 세 번째 사업은 라오스 보케오와 태국 치앙라이에 건설하고 있는 호텔 및 메콩 투어나. 그것만 완성되면 탈북자들을 한 달에 수백 명이라도 문제없이 안전하게 태국 방콕까지 보낼 수가 있다.

현재는 라오스와 태국 국경 지대인 골든트라이앵글에 살고 있는 캄분, 팁랑 부부의 집과 네델란드인 한스의 레스토랑 겸 호텔 타완림콩을 이용하여 한 달에 30~40명 정도를 보내는 것이 최선이다.

그곳에는 정필의 707특임대 시절 동기였던 김동수와 안기부 대공10단 미카엘 팀 요원인 민효중, 캄분과 팁랑, 한스 부부와 딸 브룬힐데, 그녀의 약혼자 운터 폰 막스 등이 한 팀이 되어 탈북자들을 인도, 호송하고 있다.

현재는 베트남에서 라오스, 태국으로 이어지는 루트에 투입된 자금이나 인원에 비해서 호송하는 탈북자 수가 턱없이 적기는 하다.

그렇지만 앞으로 호텔과 메콩 투어 사업이 완성되면 매달 수백 명을 보낼 수가 있다.

정필의 네 번째 사업은 북한이 판매한 북한 영해 서해 바다와 갯벌의 조업권과 사용권을 사들인 것이다.

꽁타첸은 400톤급 모선 한 척과 어선 다섯 척으로 서해 바다 북한 영해에서 조업을 하게 되었으며, 갯벌 10정보, 즉 3만 평을 사용하게 됐다.

나중에 알게 된 사실이지만 북한 측에서는 북한 영해와 갯벌에서 조업할 어부와 갯벌 일꾼들로 북한 주민들을 써도 된다는 통보가 왔다.

그럴 경우 북한 주민에게 지불하는 월급으로 어부 30달러, 갯벌 일꾼 20달러를 요구하고 있다.

현재 중국 연길 노동자 월급이 120달러 수준인데 비해서 4분의 1과 6분의 1 수준이니까 북한 사람을 쓰면 헐값이라고 할 수 있다.

그렇지만 북한에서는 1달러가 노동자 몇 달치 월급에 해당하는 2천 원 수준으로 암시장에서 거래되고 있기 때문에 실제로 20~30달러가 발휘하는 돈의 가치는 대단한 것이다.

그래서 정필의 지시를 받은 꽁타첸은 북한 위해시 사업소에 어부 15명과 갯벌 일꾼 30명을 주문해 놓았다.

*   *   *

"그럼 서해 바다 쪽에서는 어떤 경로로 북한 사람들을 탈출시킬 거지?"

재영의 물음에 정필이 그의 빈 잔에 차가운 맥주를 부으면서 대답했다.

"목사님하고 상의하고 있는 중입니다."

"뭘 상의하는데?"

향숙이 정필 옆에 앉아서 시중을 들고 있다. 그녀는 이곳 미카엘의 성을 담당하고 있으므로 일이 어떻게 돌아가는지 알아야만 한다.

"사실 목사님은 북한에 기독교를 전파하고 있습니다."

"뭐어? 그게 정말이야?"

이 얘기는 장중환 목사와 그를 돕고 있는 대한민국 청주 여호수아교회 집사 염진숙, 그리고 그녀의 남편과 정필 이렇게 네 명만 알고 있는 극비 사항이다.

"목사님은 일단 탈북을 했지만 가족 때문에 북한으로 돌아가야만 하는 사람들에게 미니 사이즈 성경책을 나누어주고 있습니다."

정필의 입에서 나오는 얘기는 갈수록 점입가경이라서 재영과 김길우, 향숙을 기절초풍하게 만들었다.

북한에는 종교가 단 하나만 존재하고 있다. 김일성, 김정일로 이어지는 만수대 김씨 일가 유일신을 신봉하는 주체사상이 바로 그것이다.

그것 외에 기독교나 불교 등 나른 종교를 믿는다는 깃은 곧바로 총살을 의미한다.

성경책을 소지하고 있다가 발각되면 본인은 총살이고, 가족은 정치범수용소로 보내진다.

그리고 그 성경책을 어떻게 해서 손에 넣었는지를 지독한 고문을 통해서 낱낱이 밝혀내서 거기에 터럭만큼이라도 연루된 사람은 무조건 다 잡아들여서 총살하거나 정치범수용소로 보낸다.

한마디로 말한다면 북한 주민들은 세상에 기독교라는 종교가 존재하고 있다는 사실조차도 모르고 있다.

세상에는 오로지 유일신 김일성과 그의 모든 것을 이어받은 조국의 빛나는 태양 김정일을 맹신하는 것만이 유일하다고 알고 있다.

웃기는 얘기는, 전 세계 수십 개의 국가에서 김일성과 김정일 주체사상을 열렬하게 믿고 찬양하고 있으며, 매년 성지순례를 하듯이 세계 각국에서 수많은 사람이 평양을 방문하여 김정일을 배알(拜謁)한다고 북한 로동당에서 대대적으로 선전하고 있다는 사실이다.

그렇지만 사실은 북한과 국교를 맺고 있는 국가에 나가 있는 대사관 직원들의 눈물겨운 고행이 아니라면 김일성 주체사상에 대한 성지순례 같은 일은 일어날 수가 없다.

각 나라의 주재 북한 대사관 직원들이 그 나라의 대통령이나 총리, 그밖에 영향력 있는 인물들을 일일이 찾아다니면서 북한을 방문해 달라고 읍소(泣訴)하고, 선물 공세를 펼친다는 것은 이미 잘 알려진 사실이다.

그들이 북한을 방문할 경우에 지출되는 모든 경비는 물론
이고 돌아갈 때 막대한 선물과 돈까지 듬뿍 안겨준다는 사실
을 북한 주민들은 죽었다가 깨어나도 모를 것이다.

그런 북한에 장중환 목사가 성경책을 반입시키고 있다니 귀
로 듣고서도 믿기 어려운 일이다.

"북한에 들여보내기 위해서 성경책을 따로 제작했습니다.
겉보기에는 북한에서 흔한 서적인데 안을 펼쳐서 잘 읽다가
보면 성경 내용이 나옵니다."

"정필이 네가 제작한 거냐?"

"저는 자금만 댔습니다."

"그게 그 얘기지, 뭐."

옆에 앉아서 정필의 허벅지를 가만히 쓰다듬고 있던 향숙
의 손이 뚝 멈췄다.

"그 성경책은 특수 재질이라서 물에 잘 젖지 않고, 찢어지지
도 않으며, 구겨지지도 않아서 보통 책보다 수명이 열 배 이상
입니다."

"북한 사람들이 성경책을 갖고 가려고 하는 거냐? 갖고 들
어갔다가 발각되면 끝장인데?"

"탈북해서 엔젤하우스나 베드로의 집에서 생활한 사람들
대다수는 기독교를 믿게 됩니다."

"그래?"

향숙이 다시 조금씩 정필의 허벅지를 쓰다듬으며 말했다.

"저도 기독교 믿어요."

재영이 히죽 웃었다.

"향숙 씨는 정필교를 믿는 게 아니었습니까?"

향숙은 깜짝 놀라는 표정을 지었으나 곧 배시시 미소 지으며 고개를 끄떡였다.

"사실 하나님보다는 정필 씨를 더 믿어요."

"그럴 줄 알았습니다."

재영과 김길우는 향숙이 정필과 같은 방에서 생활하는 것을 보고 두 사람의 관계를 막연히 짐작하고 있을 뿐이지 자세한 내막은 모르고 있다.

정필은 자신의 방에서 혜주와 옥단카, 향숙, 세 여자하고 함께 지내고 있지만, 재영과 김길우 등은 여자들이 그를 맹목적으로 믿고 따라서 그러는 것이라고만 생각했다.

"성경책에 돈을 넣어줍니다."

북한에 기독교를 전파할 수 있는 최강의 무기에 대해서 정필이 얘기했다.

"모든 성경책에?"

"그렇습니다. 일률적으로 100달러씩 넣어줍니다."

"야아… 그거 기발한데?"

북한에서 100달러면 엄청난 거액이다. 그러니까 처음에는 돈을 얻기 위해서라도 성경책을 받을 것이다.

"엔젤하우스와 베드로의 집에서 머물던 사람들이 북한으로 돌아갈 때 열 권의 미니 성경책을 갖고 갑니다."

"더 많이는 안 되나?"

"많으면 휴대가 불편하고 그러면 발각당하기 쉽습니다."

"그렇겠군."

테이블에는 향숙이 요리한 저녁 식사가 차려져 있는데 정필 등은 이미 식사를 마치고 나서 맥주를 마시면서 대화를 나누고 있는 중이다.

"요즘 알게 된 사실이지만, 원래 북한에는 지하 기독교인들이 존재하고 있었답니다."

"지하 기독교인?"

"박해를 피해서 지하로 숨어들어 가족 단위로 기독교를 믿는 극소수의 교인들이죠."

북한의 지독한 박해 속에서도 기독교를 믿고 있다면 그들이야말로 골수 기독교인이라고 할 수 있다.

"현재 목사님과 그들이 연결되어 북한 지하에서 기독교가 급속도로 빠르게 퍼져 나가고 있답니다."

"굉장하군."

이런 표현은 좀 뭐 하지만, 지구가 종말을 맞이한다고 해도 단 두 종류는 살아남을 것이라는 말이 있다. 바퀴벌레와 기독교인이다.

"여태까지는 배고픔 때문에 도강하는 탈북자들을, 그것도 우리 눈에 띄는 사람만 구했던 게 현실입니다."

"그렇지."

"하지만 앞으로는 배고픔이 아닌 자유를 갈망하는 사람들을 찾아내서 대량으로 탈북시키는 것이 우리 목표입니다."

김길우가 오랜만에 입을 열었다.

"그렇게 되면 북한 서해안을 통해서 많은 사람이 탈북하게 될 거임다."

"그렇습니다."

정필은 자신의 몸 아래에 누워 있는 영실의 흠뻑 젖은 머리카락을 쓰다듬었다.

"왜 나를 그렇게 부른 거지?"

정필은 영실의 강경한 요구에 의해서 그녀를 '영실아'라고 이름을 부르고 또 반말을 하게 되었다.

실내가 캄캄한데도 영실이 부끄러워서 얼굴을 붉히는 게 보이는 듯했다.

"그거이… 정필 씨는 저의 나그네라서……."

조금 전에 두 사람이 사랑을 나눌 때 영실은 그의 품에 안겨서 '여보'라는 소리를 백 번도 더 넘게 불렀는데 정필은 그렇게 부른 이유를 묻는 것이다.

그때 침대 옆에 있는 작은 테이블에 놓인 정필 휴대폰이 진동으로 울렸다.

정필이 몸을 일으켜 휴대폰을 잡자 영실이 안타까운 소리를 작게 냈다.

"아이……."

그가 움직이느라 깊숙하게 합쳐져 있던 몸이 분리됐기 때문이다.

"웨이."

"니스쉐이야?"

정필이 전화를 받으니까 저쪽에서 낯선 남자가 당신 누구냐고 물었다.

"니자오나거?"

"띠엔화환추오우."

그래서 누굴 찾느냐고 반문했더니 전화 잘못 걸었다면서 뚝 끊었다.

정필에게 이런 전화는 자주 오는 편이 아니지만 그렇다고 전혀 없는 편도 아니라서 별나른 생각을 하지 않았다.

정필이 벌거벗은 몸으로 침대에서 내려가자 영실이 상체를 일으켰다.

"가실 겁까?"

"여기에서 잘까?"

영실은 손사래를 쳤다.

"아임다. 향숙이가 기다릴 거임다."

정필이 방에 딸린 욕실 겸 화장실에 들어가자 영실이 따라 들어와서 땀에 젖은 정필의 몸을 깨끗이 씻어주고 나서 자신의 몸도 씻었다.

정필은 옷을 말끔하게 갈아입고 영실의 방을 나가서 바로 복도 맞은편에 있는 자신의 방으로 들어갔다.

두 사람의 방이 3m도 안 되는 거리에 마주하고 있으면 그냥 벌거벗은 채로 아니면 팬티만 하나 걸치고 건너가면 될 텐데 그는 다 갖춰 입고 자신의 방으로 들어갔다. 그것이 향숙에 대한 최소한의 예의라고 생각한 것이다.

정필이 방을 나가 맞은편 자신의 방문을 여는 걸 보고 영실은 방문을 닫고 침대로 돌아와서 누웠다.

"아아……."

잠옷을 입은 그녀는 이불 속에서 몸을 옹송그리면서 행복한 신음을 토해냈다.

아무리 생각해 봐도 요즘의 그녀는 하루하루가 꿈속에서 사는 것처럼 너무나 행복해서 믿어지지가 않았다.

예전에는 정필을 막연하게 사랑하면서 절반은 남자로 절반은 동생으로 여겼었다.

그랬던 그와 한 몸이 되고 부부처럼 지내고 있으니 이건 꿈에서나 가능한 일이다.

영실은 욕심이 없다. 그래서 정필을 향숙과 함께 공유하는 것에 대해서 추호도 질투를 하지 않는다.

근근이 국밥집이나 꾸려가던 자신의 처지에서 지금 이 정도 호사를 누리는 것도 감지덕지인데 질투를 한다는 것은 언감생심 말도 되지 않는 일이다.

그저 한 가지 욕심이 있다면 될 수 있는 한 오랫동안 정필과의 이런 삶이 지속되길 바라는 간절한 마음뿐이다.

"저는 이제 당장 죽어도 여한이 없어요."

한바탕 은밀하고도 격렬한 사랑의 행위가 끝난 후에 정필의 몸 위에 엎드려 있는 향숙이 그에게 입술을 비비면서 끈끈하게 속삭였다.

"나는 후회가 돼."

"뭐가 말임까?"

정필이 매끄러운 엉덩이를 쓰다듬으면서 말하자 향숙은 깜짝 놀랐다.

정필이 자신과 이런 사이가 된 것을 후회하고 있는 것으로 알아들었기 때문이다.

"두 사람이 이렇게 좋아할 줄은 몰랐어. 진작 잘해줬어야

하는 건데……."

"이제라도 괜찮슴다. 저하고 영실 언니는 요즘 사는 거이 너무 행복함다."

향숙은 정필의 뺨에 자신의 뺨을 대고 속삭였다. 그녀는 자신이 정필의 여자가 되리라고는, 그리고 영실하고 자신이 같은 지아비를 섬기게 될 줄은 꿈에도 몰랐으나 그녀나 영실 둘다 현재의 상황에 최고로 만족하고 있다.

질투 같은 것은 눈곱만큼도 없다. 그저 자신들에게 이제라도 찾아와 준 사랑이 너무도 고마울 뿐이다.

"그런데 힘 앙이 듬까?"

"뭐가?"

"정필 씨 영실 언니한테 갔다가 오셨는데 금세 또 저한테 또 이렇게 해주시면……."

"괜찮아. 향숙이 한 번 더 해도 돼."

"어머……."

향숙은 부끄러워서 그의 어깨에 뺨을 묻고는 근육질 가슴을 쓰다듬었다.

조금 전에 그녀는 아주 길고도 오랜 애무와 사랑을 나누는 과정에서, 그리고 가파른 절정에 도달해서 숨이 끊어질 것처럼 행복했었다.

그런데 그 여파가 거의 사라져가고 있는 지금 정필의 그 말를 트으니까 사신노 노르는 사이에 흥분이 되어 또 한 번 하고 싶다는 욕정이 스멀거렸다.

그녀는 자신이 이렇게나 음탕한 여자였다는 사실을 깨닫고는 깜짝 놀랐다.

"아아……."

향숙이 다시 한 번 오르가즘의 꼭대기까지 솟구쳐서 온몸을 바들바들 떨면서 신음 소리를 내고 있을 때 머리맡 테이블에 놔둔 정필의 휴대폰이 진동으로 울렸다.

오늘은 이상하다. 아까 정필이 영실하고 사랑을 나누고 나서 낯선 전화가 왔었는데, 지금도 비슷한 상황에 또 전화가 온 것이다.

마치 누군가 지켜보고 있다가 때를 맞춰서 전화를 하는 것 같았다.

그렇지만 정필은 전화를 받지 않고 향숙이 느끼고 있는 절정의 쾌감이 사라질 때까지 기다려 주었다.

향숙은 정필의 몸 위에 엎드려서 한참이나 파들파들 몸을 떨다가 이윽고 축 늘어졌다.

"아아… 죽는 줄 알았습다……."

그러는 사이에 전화가 끊어졌는데 잠시 후에 다시 휴대폰이 진동했다.

"웨이."

정필이 전화를 받자 뜻밖의 목소리가 흘러나왔다.

"정필아."

"석철이냐?"

"그래. 내다이."

정필이 깜짝 놀라서 상체를 일으키는 바람에 향숙도 그를 안은 자세로 따라서 일어나 앉았다.

"석철아, 무슨 일 있는 거냐?"

정필이 그동안 석철에게 몇 번 전화를 했었는데 그때마다 그의 휴대폰이 꺼져 있어서 통화가 되지 않았었다. 그래서 혹시 그의 신변에 무슨 일이 생긴 것은 아닌지 몹시 걱정하고 있던 중이었다.

"정필이 너 지금 이리로 올 수 있갔니?"

웬일인지 석철의 목소리는 힘이 하나도 없고 다 죽어가는 사람 같아서 정필을 긴장하게 만들었다.

"알았다. 지금 갈게."

정필은 지금이 몇 시인지 확인도 하지 않고 대답하고는 침대에서 뛰어내렸다.

새벽 1시가 넘은 시간이라서 정필은 재영이나 김길우를 깨우지 않고 혼자서 마당의 주차장으로 내려갔다.

그가 마당 건너편의 레인지로버로 걸어가는데 집의 문이 열리고 한 사람이 나왔다.

돌아보니까 옥단카가 따라오고 있다.

"옥단카."

"옥단카, 준상 같이 가요."

옥단카를 떼어놓는 것보다는 귀신을 떼어놓는 것이 쉬운 일이라는 걸 알고 있으면서도 혼자 몰래 나왔으니 순전히 그의 실수다.

한편 향숙은 이 층 방에서 커튼을 젖히고 마당을 내려다보았다. 정필과 옥단카가 마당을 가로질러 걸어가고 있는 모습이 어둠 속에서 흐릿하게 보였다.

창문을 열고 정필에게 잘 다녀오라는 말을 해주고 싶지만 그럴 용기가 나지 않았다.

향숙이 지켜보고 있는 가운데 정필과 옥단카는 레인지로버에 탔다.

'여보, 잘 다녀오세요.'

향숙은 하고 싶은 말을 마음속으로만 했다.

기잉…….

정필이 리모컨을 누르자 대문이 자동으로 열리고 그 사이로 레인지로버가 미끄러지듯이 빠져나갔다.

정필은 연길에서 무산이 바라보이는 두만강 언덕 위까지 약 130㎞를 2시간 만에 달려서 도착했다.

도로에서 비포장길 언덕 아래로 50m쯤 내려가다가 늘 차를 주차시켜 두는 공터가 나타나자 그곳 한쪽 으슥한 곳에 레인지로버를 멈추고 석철에게 전화를 걸었다.

"석철아, 나 왔다."

"기래."

석철은 평소에 정필과 통화를 할 때는 매우 밝고 활기찼었는데 지금은 심하게 아프고 난 사람처럼 목소리가 탁하고 힘이 없다.

또한 석철은 정필이 도착했다는 데도 '기래'라는 말만 하고는 한동안 가만히 있었다.

"석철아, 어디 아프니?"

"어… 감기다. 이자는 괜찮꼬마."

"이제 어떻게 할까? 내가 건너갈까?"

석철이 아프다니까 정필이 두만강을 건너가겠다고 말했다. 또한 석철이 이런 식으로 만나자고 한 적이 없었기 때문에 대체 무슨 일인지 궁금했다.

"앙이다. 내가 그리 갈 거이다. 정필이 너 거기에 있니?"

"그래. 항상 너랑 만나던 곳이야."

"알았꼬마. 날래 갈 거이니까니 기다리라우."

전화를 끊은 정필은 잠시 차 안에 앉아 있다가 옥단카와 함께 차에서 내렸다.

그는 석철이 무슨 일로 이런 새벽에 만나자고 했는지에 대해서 생각하면서 두만강 건너편을 바라보았다.

그렇지만 그의 머리에서 석철에 대한 생각은 1분을 넘기지 못하고 곧 지워졌다.

그는 이곳에만 오면 항상 은애를 생각하고 그녀에 대한 생각을 가장 오래 하는데, 지금도 석철을 생각하다가 자연스럽게 은애 생각으로 이어졌다.

정필은 저 아래 두만강 강가에서 3개월 하고도 10일쯤 전에 은애를 처음 만났었다.

은애를 만난 지 겨우 3개월 조금 더 됐는데 정필은 3년은 된 것 같은 기분이다. 그동안 정말로 많은 일들이 있었기 때문일 것이다.

은애가 다시는 정필에게 돌아오지 않을 것 같아서 한풀이 굿을 해주고, 은애 시신을 보거나 수습한 사람이 있으면 만나보려고 김금화에게서 받은 사진에서 은애 것만 뽑아서 수천 장을 복사하여 뿌렸다.

죽어서 혼령이 된 은애에게 정필이 할 수 있는 건 거기까지가 전부다.

이제 정필이 할 수 있는 일은 두 가지밖에 없다. 하염없이 기다리는 것과 은애를 잊어버리는 것이다.

정필은 갖고 나온 적외선 망원경으로 두만강 쪽을 살펴보았다. 강 건너 저 멀리 북한 쪽 강둑에서 두만강으로 걸어오고 있는 한 사람이 잡혔다. 석철이겠지만 멀고 어두워서 잘 보이지 않는다.

"준샹."

그때 옆에 서 있는 옥단카가 정필의 옷자락을 슬며시 잡아당기며 낮은 목소리로 불렀다.

정필이 망원경을 눈에서 떼고 쳐다보니까 옥단카는 바싹 긴장한 얼굴로 주위를 둘러보면서 중얼거렸다.

"이상해요."

정필이 주위를 둘러보니까 어둠에 잠긴 공터와 주변의 우거진 숲만 있을 뿐, 별 이상한 낌새를 알아차리지 못했다.

그런데도 옥단카가 이번에는 정필의 옷자락을 조금 더 세게 잡아당기면서 차가 내려온 위쪽 도로 쪽으로 몸을 돌리면서 걸어갔다.

"준샹, 가요. 여기 이상해요."

옥단카가 한국말을 잘하면 현재 자신의 느낌을 더 자세하게 설명할 수 있었을 것이다.

하지만 그녀는 이상하다는 말만 거듭하면서 그를 위쪽으로 이끌려고만 했다.

정필은 아무것도 느끼지 못했지만 옥단카의 동물적인 감각을 믿기 때문에 즉시 품속에 오른손을 넣어 cz-75를 꺼내 손에 쥐고 자세를 낮추고는 위쪽으로 향했다.

"움직이면 쏴버리겠다!"

그런데 그때 정필과 옥단카가 올라가려고 하는 위쪽 공터가 끝나는 곳의 숲 속에서 느닷없이 카랑카랑한 남자의 목소리가 들렸다.

이런 상황에서 정필은 생각하는 것보다 본능을 더 믿었다.

투쾅! 쾅! 투쾅!

"우왁!"

방금 외침이 들려온 곳을 향해서 무조건 세 발을 갈기면서 빠르게 위로 이동하는데 숲 속에서 찢어지는 비명 소리가 터져 나왔다.

투타타타타탕!

그런데 갑자기 천둥 치는 소리가 터져 나왔다. 정필의 직감으로는 최소한 열 발 이상을 사격한 총소리다. 그리고 총알이 정필의 몸 양옆으로 번갯물처럼 빠르게 스쳐 지나는 것이 느껴졌다.

총소리가 사방에서 들렸기 때문에 정필은 일순간 어떻게 할지 모르고 움찔 몸을 더 숙이면서 재빨리 주위를 둘러보다가 눈을 부릅떴다.

방금 전까지 정필의 옷자락을 잡고 있던 옥단카가 바닥에 쓰러져 있는데 작고 가녀린 몸을 푸들푸들 떨고 있다.

"옥단카!"

눈이 확 뒤집힌 정필이 옥단카에게 달려들어 와락 끌어안는데 숲 속에서 두 번째 외침이 터졌다.

"총 버리지 앙이하면 갈겨 버린다!"

정필은 옥단카를 안은 채 어두운 주위를 둘러보다가 쥐고 있던 cz—75를 땅에 내려놓았다. 그 와중에도 유사시에 권총을 다시 잡을 수 있게 멀리 던지지 않고 가까운 땅에 내려두었다.

그는 공터 주변에 여러 명이 매복해 있다는 사실을 간파했다. 그리고 그들이 정필은 쏘지 않고 옥단카만 조준 사격한 것으로 봐서 야시경을 장착한 총을 사용하고 있으며, 그들의 목적이 정필이라는 것을 짐작할 수 있었다.

이런 상황에서 정필이 도망치거나 보이지도 않는 적을 상대하려고 들었다가는 온몸에 총알 세례를 받고 즉사하는 것뿐이다. 피투성이가 된 옥단카가 그것을 말해주고 있다.

"옥단카……."

정필은 옥단카를 안고 일그러진 얼굴로 내려다보았다.

옥단카는 도대체 몇 발이나 맞았는지 온몸에서 피가 샘물처럼 뿜어져 나왔다.

"준샹……."

옥단카는 딱 그 한마디만 하고 부릅뜬 눈의 시선을 정필에게 고정한 채 움직임을 멈추었다.

"옥단카……."

정필은 몸을 부들부들 떨면서 옥단카를 뚫어지게 쏘아보았다. 옥단카가 죽었다는 것이 믿어지지 않았고, 지금 그에게 벌어진 일이 현실이 아닌 꿈만 같았다.

그는 옥단카의 목에 손가락을 대보았다. 맥이 뛰지 않았다. 죽은 것이 분명했다.

옥단카는 다혜처럼 정필이 손을 쓸 수 없는 곳에서 당한 것이 아니라 그의 옷자락을 붙잡고 있다가 온몸이 벌집이 되어 그의 품에서 숨을 거두었다.

사박사박…….

그때 발자국 소리가 들렸다. 정필은 조금 전에 땅에 내려놨던 cz—75를 반사적으로 집었다.

사박사박……. 저벅저벅…….

그런데 발자국 소리가 한두 개가 아니라 여기저기 사방에서 어지럽게 들리고 있어서 정필은 재빨리 주위를 둘러보다가 움찔 몸을 떨었다.

공터 사방에서 점점 가까이 접근하고 있는 시커먼 사람들이 있는데 10명, 아니, 20명이 넘었다.

그가 옥단카를 내려놓고 벌떡 일어서는데 날카로운 목소리가 들렸다.

"꼼짝 마라우! 움직이면 그대로 갈겨 버릴 거이야!"

'권보영!'

어둠 속에서 터져 나온 그 목소리는 권보영이 분명했기 때문에 정필은 몸이 굳어버렸다.

그가 우두커니 서 있을 때 시커먼 사람들이 3m까지 접근하여 그를 포위했다.

그들은 북한 인민군 복장을 하고 있으며 정필에게 소총을 겨누고 있었다.

"총 버리라우!"

권보영이 아닌 누군가 버럭 소리 질렀으나 정필은 그대로 서서 날카롭게 주위를 둘러보았다.

여차하면 몸을 날리면서 권총을 몇 방 갈기며 탈출할 기회를 노리는 것이다.

퍽!

"윽!"

"총 버리라는 말 듣지 못했니?"

그때 뒤에서 누군가 소총 개머리판으로 그의 등을 찍으며 악을 썼다.

퍽퍽! 타타탁!

그것이 신호인 듯 몇 명이 소총을 휘둘러서 그의 얼굴을 비롯한 상체와 하체를 때리고 찍었다.

"으윽……."

마지막으로 얼굴 관자놀이가 부서지는 듯한 충격을 받으면서 정필은 풀썩 그 자리에 엎어졌다.

정신을 잃었던 건지, 아니면 엎어지는 순간 아주 잠깐 정신이 멍했던 건지 어쨌든 정필은 두 손으로 바닥을 짚으면서 힘겹게 상체를 일으켰다.

온몸이 욱신거리고 쪼개지는 것 같은데 특히 오른쪽 관자놀이 부위가 불에 덴 것처럼 화끈거렸다.

"으음……."

뭐가 어떻게 된 것인지 머릿속이 진흙탕처럼 어지러운 상황에서 갑자기 문득 옥단카가 피투성이가 되어 죽은 모습이 생생하게 되살아났다.

"옥단카……."

그가 정신이 나간 것처럼 누리번거리는데 하나의 손이 그의 머리카락을 와락 움켜잡아 뒤로 젖혔다.

"으윽……."

그의 머리카락을 움켜잡은 손의 주인이 칼을 숫돌에 가는 것 같은 목소리로 말했다.

"최정필 이 종간나새끼야, 내가 누군지 알갔니?"

정필은 자신의 앞에 쪼그리고 앉아서 얼굴을 들여다보며 싸늘하게 미소 짓고 있는 한 여자를 올려다보았다.

"너… 보영이……."

그녀는 인민군 복장을 하고 있는 권보영이었다.

제63장
여기가 지옥이다

　1시간 후에 정필은 무산역 근처에 있는 무산보위부 사무실에 무릎이 꿇려 있었다.

　그의 손목에 수갑이 채워져 있고, 아까 두만강 강 언덕에서 인민군들에게 소총으로 얻어터져서 찢어진 눈두덩과 입에서 피가 흘렀다.

　그의 앞 1m 거리에 놓여 있는 의자에는 군복의 권보영이 다리를 꼬고 앉아 있다.

　옆에는 부관 장간치 소위가, 주위에는 3명의 인민군 병사가 그에게 소총을 겨누고 있다.

흠씬 두들겨 패고 두 손에 수갑을 채운 정필이지만 권보영은 그가 워낙 신출귀몰하니까 방심하지 못하고 소총까지 겨누고 있게 했다.

정필은 사나운 눈빛으로 권보영을 노려보고 있는데, 그녀는 득의한 미소를 지으면서 담배를 피우며 다리를 까딱거리고 있다.

"최정필, 아니, 검은 천사 너 종간나새끼가 내 손에 잡힐 줄은 꿈도 꾸지 앙이했을 거이야."

정필은 분노가 치밀었으나 마음을 가라앉히려고 노력했다. 지금 같은 상황에 분노를 터뜨리는 것은 하등의 도움이 되지 않는다고 판단해서 가만히 침묵을 지켰다.

그렇지만 어떻게 해서 석철이를 만나기로 한 장소에 권보영이 군대를 매복시킨 채 기다리고 있었는지 궁금했다.

제일 첫 번째 떠오르는 생각은 석철이에게 무슨 일이 생겼을 것이라는 추측이다.

과정이야 어찌 된 것인지 모르지만, 권보영이 석철을 시켜서 정필을 함정에 빠뜨린 것 같았다.

현재 정필이 처해 있는 상황은 최악이다. 그가 26년을 살아오는 동안 지금처럼 절망적인 상황에 빠진 적은 한 번도 없었다.

지금 상황에 비하면 그가 과거에 처했던 힘든 상황이라고 생각했던 것들은 다 새 발의 피다.

더구나 여긴 북한 땅이다. 정필이 제 발로 들어온 것이 아니라 붙잡혀서 강제로 끌려 들어왔다.

그렇기 때문에 기적이 일어나지 않는 한 그는 다시는 연길로 돌아가지 못할 것이다.

그 말은 곧 그가 살아서 자유의 땅으로 돌아가지 못할 것이라는 뜻이기도 하다.

그때 인민군 한 명이 사무실 안으로 들어와서 권보영에게 경례를 하며 보고했다.

"차가 준비됐습니다."

권보영은 피우던 담배를 바닥에 내던지고 일어나서 발바닥으로 비벼서 껐다.

"가자우."

권보영이 앞서 사무실을 나가자 장간치가 뒤따랐고 소총을 겨눈 인민군 중에 한 명이 정필에게 소리쳤다.

"일나라우!"

정필은 일어나면서 재빨리 염두를 굴렸다.

'어딘가로 이동하는 모양인네 이동하는 노중에 기회를 봐서 탈출해야 한다.'

이곳 무산에서 다른 곳으로 이동한다는 것은 북한 땅 더 깊숙한 곳으로, 그리고 더욱 견고하고 혹독한 장소로 간다는 뜻이다.

거기가 어딘지는 짐작도 할 수 없지만 어쨌든 거길 가면 탈출은 불가능해진다. 탈출은 지금도 불가능하지만 그때가 되면 완벽하게 불가능해질 것이다. 그러니까 무조건 이번 이동 때 탈출해야 한다.

철컥…….

그런데 정필의 그 기대가 한순간에 무너져 버렸다. 그를 일으켜 세운 인민군들이 그의 두 발에 족쇄를 채운 것이다.

족쇄에 연결된 쇠사슬의 길이는 기껏해야 채 30㎝가 되지 않았다. 그래서는 탈출은커녕 제대로 걷는 것조차도 어렵게 돼버렸다.

철렁……. 철커덩…….

종종걸음으로 사무실을 나서는 정필의 발에서 쇠사슬 소리가 거북하게 들렸다.

'빌어먹을…….'

정필의 속에서 여태까지 한 번도 겪어보지 못했던 울화가 치밀어 올랐다.

같이 온 옥단카도 죽었다. 그녀의 시체는 피투성이가 되어 두만강 너머 눈 덮인 언덕에 방치되어 있을 것이다.

정필이 여기에 온 사실은 아무도 모를 것이다. 아니, 설혹 누가 안다고 해도 북한에 잠입해서 그를 구출하는 것은 불가능한 일이다.

권보영은 정필이 얼마나 뛰어난 사내인지 알기 때문에 이중 삼중으로 철저히 지킬 것이다.

정필이 건물 밖으로 나오자 앞에 몇 대의 차량이 일렬로 늘 어서 있고 주위에는 수십 명의 인민군이 정필에게 소총을 겨 누고 있었다.

철컹… 철렁…….

정필은 한 걸음에 20㎝ 정도 보폭으로 차를 향해서 거의 뛰어갔다.

쇠사슬이 요란한 소리를 냈으며, 뛰는 데도 인민군들이 걷 는 것보다도 느렸다.

정필은 종종걸음으로 걸으면서도 재빨리 눈동자를 굴려 주 위를 둘러보았다. 탈출이 불가능한 데도 그냥 본능적으로 주 위를 살피는 것이다.

한 대의 군용 지프와 두 대의 군용 트럭 주위의 인민군들이 눈을 번뜩이며 정필을 주시하고 있다.

그들을 둘러보다가 한순간 정필의 시선이 어느 한 곳에 뚝 정지했다.

'만호!'

인민군들 사이에서 정필을 향해 소총을 겨눈 채 그를 뚫어 지게 주시하며 안타까운 표정을 짓고 있는 인민군은 만호가 분명했다.

만호의 누나 우승희는 지금 연길 김길우네 집에 있으며, 그곳 3층 엔젤하우스에서 만호의 부모가 생활하고 있다.

정필은 만호가 벌써 도강하여 연길의 가족과 합류했을 것이라고 생각했는데 여기에 있다니 뜻밖이다.

정필은 김길우네 집 자신의 방 화장실에서 권보영을 강간하기 전에 우승희에 대해서 얘기했었다.

그때는 권보영이 도망칠 거라는 생각을 하지 못했으니까 마음껏 얘기한 것이다.

우승희가 정필을 제압하여 회유하거나 죽이러 온 폭풍군단 벼락여단 소속의 암살조 조장이라는 사실을 그녀의 실토로 알고 있다고 말했었다.

그렇다면 우승희가 변절했다는 사실을 권보영이 상부에 보고했을 것이고, 그러면 직계가족인 만호도 체포되어 보위부로 넘겨졌어야 마땅하다.

그런데 만호가 아직 인민군으로 있다는 것은 권보영이 아직 우승희의 일을 보고하지 않았거나 보고했는 데도 보고서가 중간에 방치되거나 체류되고 있다는 뜻이다.

정필은 다른 사람이 이상하게 여길 정도로 만호를 뚫어지게 쳐다보았다.

그래 봐야 2~3초에 불과하다. 만호는 머리를 까딱거리면서 뒤쪽을 가리켰다.

정필이 급히 만호 뒤쪽을 쳐다보니까 그쪽은 밤하늘밖에 없다.

그렇지만 정필은 곧 만호의 뜻을 알아차렸다. 그가 가리키는 뒤쪽은 두만강이고, 그 너머에는 연길이 있다. 그의 고갯짓은 정필이 이렇게 되었다는 사실을 자신이 연길에 알려주겠다는 뜻일 것이다.

그게 만호가 할 수 있는 최선의 방법일 것이다. 여기에서는 만호가 정필을 도울 수 있는 일이 없다.

정필은 만호를 지나쳤다. 그를 더 보고 싶지만 그러려면 고개를 돌려야 하므로 만호가 위험해진다. 정필이 몇 초 동안 만호를 뚫어지게 주시했기 때문에 만호는 이미 충분히 위험하게 돼버렸다.

건물에서 비추는 흐릿한 불빛 아래 권보영이 선두의 군용지프 옆에 서서 정필을 돌아보았다.

"그 새끼, 여기 태우라."

그녀는 자신이 탈 군용 지프에 정필을 태우라고 명령했다.

탁!

"날래 가라우!"

인민군 한 명이 등을 떠밀자 정필은 앞으로 고꾸라질 것처럼 총총히 뛰어갔다.

권보영은 국방색의 중국제 BAW 군용 지프 조수석에 타고 정필은 인민군들에 의해서 뒷자리 가운데에 떠밀리듯이 올라탔다.

중국 북경오토워크스에서 제작한 BAW 군용 지프는 7인승이다. 맨 앞자리 두 명, 두 번째 열세 명, 그리고 맨 뒷줄에 두 명이 탈 수 있다.

정필은 두 번째 열의 가운데에 앉았고, 그의 좌우와 뒤에 2명 도합 4명의 인민군이 지키고 있다.

정필은 조수석에 앉은 권보영의 뒤통수를 쏘아보면서 즉흥적으로 한 가지 계획을 세웠다.

출발해서 어느 정도 가다가 기회를 봐서 번개같이 권보영의 목을 조르는 것이다.

벌떡 일어나 두 팔을 앞으로 뻗어 수갑 찬 손을 권보영의 목에 걸고 죽기 살기로 잡아당기는 것이다. 좌우에 앉은 인민군들이 두들겨 패고 난리를 치겠지만 권보영의 목을 풀어서는 안 된다.

그렇게 해서 어떤 결말이 날지는 알지 못하지만 어쨌든 지금으로선 방법이 그것뿐이다.

그런데 그 계획 역시 수포로 돌아갔다. 옆에 앉은 인민군이 정필의 머리에 두툼한 헝겊 주머니를 뒤집어씌운 것이다.

부르릉······.

2,200cc 100마력짜리 중국제 BAW 군용 지프가 요란한 엔진 소리를 내며 출발했다.

"대가리 숙이라!"

게다가 인민군이 헝겊 주머니를 뒤집어씌운 정필의 머리를 아래로 확 눌렀다. 이래서는 아무것도 할 수가 없다.

권보영 일행이 출발하자 만호는 국경 수비대 자신의 초소로 돌아가지 않았다.

그는 초소가 있는 강둑 너머 무산읍 쪽으로 내려갔다.

강둑 아래 골목길을 따라서 걷던 그는 5분쯤 후에 어느 집 대문을 밀고 들어갔다.

끼이…….

그는 마치 자기 집인 양 익숙한 행동으로 캄캄한 마당을 가로지른 후에 문을 잡아당겼다.

덜컥덜컥…….

안에서 문이 잠긴 걸 확인한 만호는 입을 문틈에 대고 나직한 목소리로 속삭였다.

"만호요. 어서 문 열기요."

잠시 후에 안에서 누군가 나무 문을 열어주자 만호는 급히 안으로 들어가면서 말했다.

"지금 도강할 거우다. 날래 갑세."

만호가 방으로 들어가면서 말하자 자고 있던 사람들이 부스스 일어나더니 불도 켜지 않은 캄캄한 방에서 분주하게 움직였다.

만호는 캄캄한 방에서 더듬거리며 벽에 걸어둔 자신의 사복을 찾아서 갈아입었다.

이곳은 석철의 주인집이다. 국경 수비대 병사가 주민들을 도강시켜 주고 받은 돈이나 밀수를 봐주고 받은 돈을 맡겨놓는 곳을 주인집이라고 한다.

통상적으로 과년한 예쁜 딸이 있는 집을 주인집으로 삼는데, 국경 수비대 병사는 수시로 주인집에 드나들면서 딸과 동침을 하는 등 마치 처갓집처럼 허물없이 지낸다.

이런 식으로 국경 수비대 병사가 봐주는 주인집에서는 보통 밀수를 해서 막대한 수입을 챙긴다.

이 집에는 딸이 둘 있는데 큰딸 송정화가 석철의 애인이고, 둘째딸 송상화가 만호의 애인이다.

현재 큰딸 송정화는 임신을 한 상태다. 물론 그녀 뱃속의 아기 아버지는 석철이다.

석철이 누군가의 고자질로 보위부에 끌려가서 고문을 당하고 있을 때부터 만호는 주인집 식구들을 데리고 탈북할 계획을 세웠다.

사실 석철과 만호는 둘만의 모종의 약속을 했었다. 둘 중에 누군가 일을 당하면 남아 있는 사람이 책임지고 주인집 두 딸과 식구들을 데리고 탈북하기로 말이다.

석철이 보위부에 붙잡혀 들어간 이후 상시 탈북할 준비를 하고 있던 정화, 상화네 가족은 2분도 지나지 않아서 각기 배낭 하나씩을 메고 나왔다.

만호가 앞서고 정화, 상화 자매가 부모의 손을 잡고 뒤따르며 얼어붙은 두만강을 건너고 있다.

"정필 형님이 보위부에 붙잡혔소."

앞선 만호가 뒤돌아보면서 말하자 정화, 상화 자매와 부모가 소스라치게 놀랐다.

"그거이 정말임까?"

"그기 어케 가능함까?"

정화와 상화가 동시에 물었다.

"내 생각인데……."

만호는 아까부터 줄곧 생각하던 결론을 얘기했다.

"석철 형님을 이용해서리 정필 형님을 이리로 유인해서 붙잡은 것 같다는 말이요."

"저런……."

만호 애인 상화가 어머니의 손을 놓고 종종걸음으로 그의 곁으로 다가와 팔을 붙잡았다.

"정필 오라바이가 보위부에 붙잡혔다면서리 우리가 이렇게 가도 되는 거임까? 우린 어케 되는 검까?"

만호는 걸음을 멈추었다.

"너래 지금 그런 거이 문제라는 말이니?"

만호는 상화를 꾸짖었다.

"정필 형님은 탈북하는 사람들한테는 태양 같은 존재라는 말이야. 김정일이 돼지 새끼가 태양이 아이라 검은 천사 정필 형님이 태양이야. 그런 분이 보위부에 붙잡혔는데 너래 우리 걱정만 하다이……."

"잘못했슴다."

"정필 형님이 계시지 앙이해도 걱정 없다이. 연길에 가면 정필 형님이 해놓으신 게 다 있거든? 지금 거기에 우리 누님하고 부모님도 계시다고 내가 말 앙이했니?"

따르르릉…….

새벽 4시에 김길우네 집 전화벨이 요란하게 울렸다.

전화벨이 다섯 번쯤 울렸을 때 김길우가 방에서 나와 눈을 비비며 전화를 받았고, 전화벨 소리에 잠이 깬 승희도 문을 열고 나왔다.

전화를 받은 김길우는 상대가 누구라는 걸 알고 깜짝 놀라 소리쳤다.

"너 만호 아이니? 이런 새벽에 무슨 일이니?"

만호라는 말에 승희는 크게 놀라 성치 않은 몸을 비틀거리면서 김길우에게 다가갔다.

"뭐, 뭐이야?"

그런데 갑자기 김길우가 버럭 소리를 지르며 기절할 것 같은 표정을 지었다.

"응. 기래, 기래서……."

그는 수화기를 귀에 대고 한동안 심각한 얼굴로 듣기만 하더니 전화를 끊으려고 했다.

"끊지 마시라요! 저 바꿔주기요."

승희가 놀라서 외치자 김길우는 넋 나간 얼굴로 수화기를 그녀에게 내밀었다.

"만호니?"

승희는 수화기를 두 손으로 붙잡고 긴장된 얼굴로 물었다.

一누님…….

승희는 만호가 울고 있다는 것을 알고는 심장이 철렁 내려앉았다.

김길우는 멍하니 서 있다가 갑자기 와들싹 놀라서 방으로 뛰어 들어갔다가 휴대폰을 들고 나왔다.

몇 시간 전에 정필이 권보영에게 사로잡혔던 두만강 중국

쪽 언덕 숲 속에 만호와 정화, 상화 자매, 그리고 부모가 모여 있다.

만호는 방금 승희와의 통화를 끝내고 피가 잔뜩 묻은 휴대폰 폴더를 접어서 닦을 생각도 하지 않고 그대로 품속에 넣었다.

휴대폰에 피가 묻은 이유는 그의 두 손이 온통 피범벅이기 때문이다.

그는 국경 수비대 초소에 복무하면서 두만강을 도강하는 사람들을 도와주고 밀수하는 사람들 뒤를 봐주느라 중국제 휴대폰을 하나 장만해서 쓰고 있었다.

석철이 휴대폰을 갖고 있는 것을 보고 만호도 하나 장만했던 것이다.

만호는 초조한 표정으로 모여서 웅크리고 앉아 있는 정화, 상화 자매와 그녀들의 부모를 둘러보며 몹시 긴장하는 표정으로 속삭였다.

"이자 기다리면 됨다."

만호 애인 상화가 바닥에 누워 있는 옥단카를 굽어보며 몹시 걱정스러운 얼굴로 말했다.

"이 여자는 어쩜까?"

"길우 형님한테 얘기했으니까니 날래 올 거이야."

아까 만호는 정화 자매 가족을 이끌고 이곳 언덕을 올라오다가 어둠 속에 피투성이가 되어 쓰러져 있는 옥단카를 발견했었다.

그는 일전에 다리를 다쳐서 김길우네 집에서 생활을 했었기 때문에 옥단카가 누군지 잘 알고 있다.

그는 여기에 옥단카가 쓰러져 있는 걸 보고 정필이 이곳에서 인민군들에게 붙잡혔다는 사실을 깨달았다. 말하자면 북한 인민군들이 국경을 넘어와서 중국 영토에 있는 옥단카를 총으로 쏘고 정필을 붙잡아 간 것이다.

"상화야, 여기 불 좀 비춰보라우."

만호는 자기보다 2살 어린 19살 상화에게 플래시를 비추라고 주문하고는 다시 옥단카를 살펴보았다.

그는 아까 옥단카를 처음 발견했을 때 그녀의 처참한 몰골을 보고 죽은 줄만 알았었다.

그런데 옥단카가 아주 작은 신음 소리를 내는 것을 상화가 듣고 알려주었다.

그래서 만호는 옥단카를 이곳 풀숲으로 옮겨서 상처를 살펴보고 급한 대로 군대에서 배운 응급처치를 해주었다. 그러느라 두 손이 피범벅이 된 것이다.

옥단카는 가슴과 어깨, 옆구리에 각각 한 발씩, 세 발을 맞았는데 만호가 보기에 죽은 것이나 다름이 없을 정도로 매우 심각한 중상이다.

다만 동맥이나 정맥을 다치지 않은 것 같아서 출혈이 심하지 않아 그게 불행 중 다행이라고 할 수 있다.

그렇지만 의료에 대해서는 거의 문외한이나 다름이 없는 만호가 봤을 때에도 연길에서 김길우 등이 도착하기 전에 옥단카는 죽을 것 같았다.

옆에서 옥단카를 지켜보던 정화, 상화 자매의 아버지가 한마디 거들었다.

"만호야, 저렇게 심하게 다친 사람은 체온이 떨어지니까니 따뜻하게 해줘야 한다이."

만호는 아까 공터에서 본 정필의 레인지로버를 생각했다. 옥단카를 차 안에 태우면 차가운 바람을 막아줄 수 있을 것 같았다.

아침 7시 15분, 동이 트기 전에 차 두 대가 공터에 고꾸라질 것처럼 들이닥쳤다.

한 대는 도요타 랜드크루저이고, 다른 한 대는 연길중의병원이라고 적힌 구급차다.

두 대의 차가 앞서거니 뒤서거니 멈추고는 재영과 김길우, 그리고 병원 의료진이 뛰어내렸다.

재영과 김길우는 차에서 내리자마자 한쪽에 멈춰 있는 레인지로버로 달려가 왈칵 문을 열었다.

"옥단카!"

레인지로버 뒷자리에 피투성이가 되어 누워 있는 옥단카를 발견하고 재영과 김길우는 비명처럼 소리쳤다.

옥단카를 구급차에 태워서 보낸 후에 김길우가 주위를 둘러보면서 나직이 외쳤다.

"만호야."

그러자 기다렸다는 듯이 숲 속에서 만호가 튀어나오며 반갑게 외쳤다.

"길우 형님, 재영 형님."

만호는 김길우네 집에서 지내는 동안 재영, 김길우와 꽤 많이 친해졌었다.

"만호야! 터터우께서 어케 되셨다는 거이냐? 자세하게 설명해보라우!"

김길우가 곧 울 것 같은 표정으로 말하는데 재영은 거두절미하고 만호를 다그쳤다.

"너 정필이 봤다면서?"

"아께 봤슴다."

"어디에서 봤냐?"

"저기 무산보위부 앞마당에서 정필 형님이 끌려가는 거를 잠깐 봤슴다."

재영은 만호가 가리키는 두만강 건너 어둠에 잠긴 무산 쪽을 가리키면서 당장에라도 쳐들어갈 기세로 물었다.

"저기에 정필이가 있다는 말이냐?"

"아임다. 발써 다른 데로 이동했슴다."

"거기가 어디야?"

"모름다."

만호는 아까 무산보위부 앞에서 자신이 봤던 광경을 자세히 설명해 주었다.

"그년 계급이 뭐야?"

"누구 말임까?"

재영이 윽박지르듯이 묻자 만호가 되물었다.

"정필이 끌고 갔다는 보위부 장교년 말이야!"

"대위임다. 보위부 대위."

"그년 키 크고 예쁘장하게 생겼지?"

만호는 고개를 갸웃거렸다.

"예쁜 건 모르갔는데 키가 아조 컸슴다."

재영과 김길우는 동시에 한 여자의 모습을 떠올렸다.

"권보영 개쌍년이야."

"권보영이가 터터우를 납치한 거이 분명함다."

재영이 분을 삭이지 못해서 씩씩거리고 있는데 만호가 김길우에게 조심스럽게 말했다.

"실우 형님, 서 탈북했슴다. 서기 숲에 같이 온 사람들이 있슴다."

"기래, 잘했다."

만호가 정화, 상화 자매와 부모를 데리러 가려는데 재영이 불쑥 말했다.

"만호, 너는 다시 북한으로 가라."

"네?"

재영이 싸늘하게 굳은 표정을 지었다.

"가서 정필이가 어디로 갔는지 알아내라."

만호는 깜짝 놀랐지만 잠시 후 진지한 얼굴로 고개를 끄떡였다.

"알갔슴다. 제가 꼭 알아내갔슴다."

그는 숲 속에서 주춤거리면서 나오고 있는 정화, 상화 자매와 부모를 가리켰다.

"저 사람들을 잘 부탁함다."

동이 틀 무렵 연길로 돌아가는 랜드크루저에는 재영과 김길두, 그리고 정화, 상화 자매와 그녀들의 부모가 타고 있다.

만호는 혼자서 다시 두만강을 건너 자신의 국경 수비대 초소로 복귀했다.

그는 정필의 행방을 알아낸 다음에 탈북할 계획이기 때문에 물불 가리지 않고 이리저리 쑤셔볼 것이다.

랜드크루저 안은 깊은 바닷속처럼 분위기가 무겁게 가라앉아 있다.

정화와 상화, 그녀들의 부모는 재영과 김길우가 만들어내고 있는 무거운 분위기에 압도당해서 만호가 다시 북한으로 돌아간 것에 대해서 입도 벙긋하지 못했다.

"거기 중국 땅 아냐?"

조수석에 앉아서 한숨을 푹푹 쉬던 재영이 갑자기 자세를 똑바로 하며 낮게 외쳤다.

"무슨 말씀이심까?"

운전하던 김길우가 재영을 보면서 물었다.

"권보영이 인민군들을 데리고 두만강을 건너와 중국 땅에서 옥단카에게 총질을 하고 정필을 납치해 간 거잖아!"

재영은 평소에 김길우에게 존대를 하지만 지금은 거의 제정신이 아니라서 반말을 해대고 있다.

"거기 중국 땅 맞습다."

"차 세워요."

"네?"

"아… 차 세우라니까!"

재영이 버럭 악을 썼다.

김길우가 갓길에 차를 세우기도 전에 재영이 독촉했다.

"시름 낭상 위엔씬에게 전화해요."

"길림성 당서기에게 말임까?"

"그래요. 당장 전화해서 지금 상황을 알려요."

"아… 그렇군요."

김길우는 재영의 말에 공감하여 휴대폰을 꺼내 번호를 누르면서도 이번 일 만큼은 위엔씬이라고 해도 힘을 써줄 수 없을 거라고 생각했다.

왜냐하면 이건 중국 내부에서가 아니라 북한에서 일어나고 있는 일이기 때문이다.

그러니까 위엔씬이 북한의 내정에 간섭할 수는 없을 것이라는 얘기다.

위엔씬의 이 휴대폰 번호를 알고 있는 사람은 극소수이기 때문에 신호가 다섯 번이 울리기도 전에 위엔씬이 받았다.

─웨이.

김길우는 능숙한 중국어로 말했다.

"당서기, 저 김길우입니다."

─오오… 길우, 아침 일찍 어쩐 일이오?

위엔씬은 정필을 대하는 것처럼 반가워했다.

김길우가 무슨 말을 하려고 하는데 재영이 옆에서 뭐라고 떠들어댔다.

"뭐라고 하셨슴까?"

김길우는 재영이 과거에 정필의 상사였기 때문에 평소에도 매우 공손하게 대했다.

"아까 정필이가 납치된 곳이 중국 땅이라는 말이오!"

재영이 손바닥으로 대시보드를 두드리며 악을 쓰듯이 소리를 질렀다.

"그러니까 인민군 놈들이 중국 땅에 넘어와서 선량한 사람에게 총질을 해대고 사람을 납치해 갔다는 거요! 내 말 알아듣는 거요?"

"아……."

"이건 명백한 침략이야! 침략 행위라 이거요! 위엔씬에게 그대로 전해요!"

김길우는 그제야 재영의 말뜻을 제대로 알아듣고 마른침을 삼킨 후에 위엔씬에게 지금까지 일어난 상황을 하나도 빼놓지 않고 자세하게 설명했다.

설명을 다 듣고 난 위엔씬은 너무 큰 충격을 받고 치를 떨면서 한동안 아무 말도 하지 못했다.

그러고는 한참이 지나서야 무겁게 신음을 하는 것처럼 한마디를 내뱉었다.

一싸토우(殺頭:죽일 놈들)!

정필의 머리에 씌워진 헝겊 주머니가 벗겨진 것은 어느 방에 감금되고서도 한 시간쯤 지난 후였다.

정필은 이곳이 어딘지 모른다. 무산을 떠나 시속 45㎞ 정도의 속도로 대략 4시간쯤 지나서 차가 멈췄으니까 무산으로부터 약 180㎞쯤 떨어진 곳일 것이다.

그렇지만 그가 잰 차의 속도와 시간은 그 자신도 믿을 수 없을 만큼 부정확할 것이다.

처음에는 속도나 시간을 잴 수 있었지만 헝겊 주머니를 뒤집어쓰고 고개를 처박았으며 비포장길을 계속 덜컹거리면서 가다보니까 주의가 산만해져서 자꾸만 계산이 흐트러졌다.

어쨌든 바닥에 쓰러져 있는 정필의 머리에서 헝겊 주머니를 벗긴 사람은 권보영이었다.

권보영은 군복을 벗은 깔끔한 트레이닝복 차림이었다. 북한에서는 매우 고급스러운 트레이닝복이겠지만 대한민국에서라면 노동자라고 해도 입지 않을 수준이다.

권보영은 정필을 똑바로 일으켜서 앉게 해주고 나서 한꺼번에 담배 두 개비를 입에 물고 불을 붙여서 하나를 정필의 입에 물려주었다.

"피워라."

정필은 골초는 아니지만 지금은 담배를 한 대 피우고 싶었다. 아니, 그보다는 담배를 한 대 피우면서 생각을 정리하고 싶었다.

정필은 발에는 족쇄를 차고 두 손에는 수갑을 찬 상태로 담배를 피웠다.

정필은 두 다리를 모아 쭉 펴고 앉아서 수갑을 찬 손으로 담배를 피우고, 권보영은 그 앞에 두 다리를 약간 벌리고 우뚝 버티고 서서 피웠다.

짧은 스포츠머리를 두 달 넘게 기른 정필의 머리카락이 땀에 젖어서 헝클어졌으며, 소총 개머리판으로 얻어맞은 관자놀이가 찢어지고 눈두덩과 입술이 찢어진 곳에서도 피가 흘러 얼굴이 피투성이다.

그 외에도 몸 여기저기 소총으로 두들겨 맞은 곳이 욱신거렸으나 견딜 만했다.

권보영은 정필을 굽어보면서 그녀의 트레이드 마크 같은 차갑고 완고한 표정을 짓고 있었다.

그렇지만 어딘가 착잡하면서도 애잔한 듯한 눈빛만은 어떻게 하지 못했다.

자고로 눈은 마음의 창이라고 했다. 그렇다면 지금 그녀는 정필에게 죽이고 싶은 원한 외에 또 다른 감정을 느끼고 있는지도 모른다.

사실 권보영에게 정필이라는 존재는 어느 한 시점을 경계로 전과 후로 나뉜다.

예전의 권보영에게 정필은 그저 단순한 존재였다. 붙잡아서 가장 잔인한 방법으로 고문을 하다가 목적을 이룬 다음에는 역시 가장 잔인한 수법으로 통쾌하게 죽여서 가슴 속에 맺힌 원한을 푸는 것이다.

그렇지만 정필에게 강간을 당한 이후에는 그에게 또 다른 감정을 품게 되었다.

그렇다고 해서 평범한 여자가 품는 그런 애틋한 연정 같은 것은 절대로 아니다.

권보영이라는 여자는 강간을 당했다고 해서 와르르 무너져서 자신을 짓밟은 사내를 맹목적으로 따르는 순정파하고는 거리가 멀다.

또한 정필이 그녀를 강간했다고 해서 그에 대한 원한이 사라진 것도 아니다.

오히려 무방비 상태인 그녀를 거칠게 강간한 것에 대한 새로운 원한이 더 쌓였다.

어쨌든 권보영은 강간을 당한 이후부터 정필에게 새로운 감정을 갖게 된 것은 분명하지만 그것이 무엇인지 그녀 자신도 알지 못한다.

다만 한 가지 분명한 것은 정필을 고문하거나 죽이더라도 강간을 당한 것에 대한 복수는 별도로 분명하게 갚아줘야 한다는 사실이다.

툭……

권보영이 담배를 바닥에 떨어뜨리고는 발로 비벼서 끄는 걸 보고 정필도 꽁초가 된 담배를 바닥에 비볐다.

"최정필."

권보영이 부르는 데도 정필은 그녀를 쳐다보지 않았다.

"나는 너한테 두 가지 목적이 있다."

권보영은 개의치 않고 말했다.

"하나는 공적인 것이고, 또 하나는 사적인 거이다."

정필은 그녀의 다음 말을 듣지 않아도 알 수 있을 것 같았다. 공적인 것은 죽은 한유선이 탈북할 때 갖고 나온 남편 민성환의 마카오은행의 돈이다.

그리고 사적인 것은 권보영이 정필에게 갖고 있는 개인적인 원한일 것이다.

"공적인 거를 먼저 할 거인데 거기에도 두 가지 방법이 있으니까니 니가 고르라우."

권보영은 잠시 뜸을 들였다가 말을 이었다.

"말로 좋게 가는 거이 첫 번째고, 고문을 해서리 너를 짓찢어놓는 거이 두 번째 방법이다."

정필이 처음으로 고개를 들었다.

"보영아."

그가 나직하면서도 부드러운 목소리로 부르자 권보영은 갑자기 가슴이 뭉클했다.

"뭐… 야?"

"그런 거 말고 우리 한번 하자."

권보영은 정필이 무슨 말을 하는지 즉시 알아들었다. 하지만 기습을 당한 것 같아서 그녀는 움찔했다.

"뭐… 뭐를 한번 해?"

정필은 그녀를 올려다보며 피범벅이 얼굴에 빙그레 미소를 지었다.

"내 방 화장실에서 우리 둘이서 사랑 나눈 거 말이야. 너 지금 그거 하고 싶어서 말을 빙빙 돌리는 거 아냐?"

"이… 종간나새끼래……."

권보영은 발끈해서 정필에게 다가서며 한 대 차려고 오른발을 들었다.

그 순간 정필은 족쇄를 찬 두 발로 재빨리 바닥을 긁는 것처럼 후려쳤다.

탁!

"아……."

정필의 발이 권보영의 왼발 복사뼈를 강하게 차자 그녀의 왼발이 허공으로 뜨는 것과 동시에 상체가 빠르게 바닥으로 기울어졌다.

쿵!

"허억!"

권보영은 정필의 바로 앞에서 옆으로 쓰러지면서 어깨와 옆머리가 강하게 바닥에 부딪쳤다.

"우웃!"

정필은 이상한 기합 소리를 내며 거의 점프를 하여 쓰러진 권보영의 몸 위에 올라탔다.

권보영은 바닥에 쓰러지면서 바닥에 부딪치는 충격 때문에 잠깐 동안 멍한 상태인데, 그 사이에 정필이 그녀의 하체에 올라앉아 수갑을 찬 두 손을 벌려 목을 짓눌렀다.

"끄으으……."

권보영은 졸지에 상황이 역전되어 두 손을 정필에게 뻗어 휘두르면서 버둥거렸지만 그의 몸에는 닿지 않고 팔만 때릴 뿐이다.

"이년……."

정필은 온 힘을 다해서 권보영의 목을 눌렀다. 하지만 그는 그녀를 죽여서는 안 된다. 그녀를 제압해서 이곳에서 탈출해야 하기 때문이다.

"끄으으… 으으……."

얼굴에 피가 몰려 새빨개진 권보영은 두 손으로 정필의 팔과 손을 쥐어뜯었다.

하지만 정필은 팔과 손이 할퀴어져서 살점이 뜯겨 나가도 끄떡도 하지 않고 눌렀다.

이윽고 권보영의 두 눈에서 눈동자가 사라질 때쯤 그는 손에서 약간 힘을 뺐다.

권보영은 정신이 아득해지다가 가쁜 숨을 토해내면서 눈동자가 돌아왔다.

"으으… 이 종간나새끼래……."

"보영아, 네가 날 도와줘야겠다."

권보영은 정신을 차리자마자 이를 갈았다.

"이 새끼야… 나를 또 강간할 거이니?"

이런 기회는 두 번 다시 오지 않을 것이기에 정필은 더없이 절박해졌다.

"보영아, 난 여기에서 나가야 한다."

"뉘기 맘대로 나간다는 거이야? 너 이 쌍간나새끼래 날 죽여도 못 나가야……!"

권보영은 미친 것처럼 이를 드러내며 웃었다.

"이년……."

정필은 권보영의 몸을 뒤져서 수갑과 족쇄를 푸는 열쇠나 권총 같은 걸 찾아내야 하는데 두 손으로 그녀의 목을 조르고 있어서 어떻게 할 재간이 없다.

그는 잠시 힘을 모았다가 한순간 벼락같이 권보영의 몸을 뒤집었다.

"이… 이 새끼……."

순식간에 몸이 뒤집혀서 뺨을 바닥에 댄 권보영이 버둥거렸 지만 엎드린 자세가 되니까 누워 있을 때보다 더 꼼짝할 수가 없게 되었다.

정필이 권보영의 궁둥이를 깔고 앉은 자세가 되자 그녀는 궁둥이를 들썩거렸다.

"너 이 새끼 또 뒤로 하려고 그러니? 해보라우. 나도 뒤로 하는 거이 좋아한다이……."

정필이 어떻게 하면 권보영 몸에서 열쇠나 권총을 찾을 것 인가 궁리하고 있을 때 갑자기 문이 열렸다.

덜컥!

이어서 인민군 두 명이 달려 들어와 소총으로 그를 마구 두 들겨 팼다.

퍽퍽퍽퍽퍽!

"으윽……."

정필의 탈출 시도는 허무하게 막을 내렸다.

정필은 5시간 만에 깨어났다.

"으음……."

눈을 뜨면서 그는 온몸이 갈가리 찢어지는 것처럼 고통스 러운 것을 느꼈다.

머리에서 발끝까지 도대체 아프지 않은 곳이 한 군데도 없는 것 같았다.

그의 뇌리에 마지막으로 남은 기억은 권보영 몸에 올라앉아 있다가 방에 들이닥친 인민군들에게 소총으로 흠씬 두들겨 맞았다는 것이다.

그런데 눈을 떴는데도 아무것도 보이지 않았다. 캄캄하기 때문이 아니라 눈이 떠지지 않았기 때문이라는 사실을 한참 지나서야 깨닫게 되었다.

얼굴을 얼마나 무지막지하게 얻어터졌으면 눈이 부어서 떠지지 않는 것이다.

철걱…….

눈을 비벼보려고 손을 들었더니 손은 들리지 않고 쇠붙이 소리가 들렸다.

두 팔과 두 다리, 그리고 온몸을 움직여 보고 나서 그는 자신이 침대 같은 곳에 팔다리 사지가 벌려진 채 수갑 같은 것에 묶였다는 사실을 깨달았다.

눈이 떠지지 않으니까 너무 답답했다. 더구나 지금처럼 납치된 상황에서 아무것도 보이지 않는다는 것은 답답함을 넘어서 환상일 시성이나.

그렇지만 권보영을 린치하던 중에 인민군들에게 걸렸으니까 죽지 않은 게 다행이다.

거기까지 생각하던 정필은 갑자기 어떤 한 가지 사실을 퍼뜩 깨달았다.

아무리 권보영이 화가 머리 꼭대기까지 치밀었다고 해도 정필을 죽이지는 못할 것이다.

권보영의 목적은 정필에게서 민성환이 관리하던 마카오은행의 비자금 행방을 알아내는 것이다.

그런데 그를 죽이면 마카오은행의 25억 달러도 증발해 버리고 마는 것이다.

그러니까 반대로 정필이 고문 따위를 이기지 못하고 그 사실을 실토한다면 권보영은 거리낌 없이 그를 잔인하게 죽여 버릴 것이다.

그러니까 정필은 살아남기 위해서 무슨 일이 있어도 마카오은행에 대해서 입을 열면 안 된다.

몇 시간이 지난 것 같은 데도 정필은 여전히 눈을 뜨지 못한 채 누워 있다.

철컹!

그때 문이 열리는 듯한 쇳소리가 나더니 곧 누가 들어오는 발자국 소리가 이어졌다.

잠시 후에 누군가 정필의 눈 부위를 어루만지는 것 같더니 거칠게 잡아챘다.

지이익…….

정필은 눈이 뽑히는 것처럼 아팠다. 하지만 갑자기 눈앞이 환해지는 것 때문에 눈의 고통이 덜 느껴졌다.

그는 눈동자를 굴려보았다. 천장이 보였고 그 옆에 자신을 내려다보고 있는 군복의 권보영 얼굴이 보였다.

그녀 손에는 검은색의 테이프가 쥐어져 있었다. 그녀가 방금 정필의 눈에서 뜯어낸 것이다.

그러니까 정필은 얻어터져서 눈이 부어 뜨지 못한 게 아니라 테이프를 붙여놨기 때문에 눈을 뜨지 못한 것이었다.

"최정필 이 종간나새끼야, 한 번만 더 개지랄을 부리면 죽여 버리겠다이. 알아듣갔니?"

권보영은 당장에라도 정필을 죽일 것처럼 눈을 부라리며 엄포를 놓았다.

하지만 정필은 아무 대꾸도 하지 않고 천장만 물끄러미 응시했다.

권보영이 자신을 죽이지 못할 걸 알지만 일일이 대꾸하는 게 귀찮았다.

그때 정필 옆에서 뭔가 톱니바퀴 같은 게 돌아가는 끼럭거리는 소리가 났다.

그러더니 그가 누워 있는 침대인지 뭔지가 조금씩 움직이면서 그의 상체가 세워졌다.

잠시 후에 그는 똑바로 선 자세가 되었다. 그렇지만 자신이 어떤 모습인지는 알 수가 없고 또 궁금하지도 않았다. 한 가지 분명한 것은 팔다리가 벌려져서 수갑이든, 뭐든 단단하게 결박되어 있다는 사실이다.

"나가라우."

권보영이 명령하자 두 명의 인민군이 경례를 하고 방을 나가는 모습이 이제는 정필에게도 보였다. 조금 전에 정필을 일으켜 세운 것은 그들인 것 같았다.

권보영은 두 명의 인민군이 나가서 문을 닫을 때까지 기다렸다가 정필의 앞으로 다가와서 섰다.

그녀는 뒷짐을 지고 싸늘한 표정으로 정필을 쏘아보면서 선전포고를 하듯이 말했다.

"이건 너 새끼가 자초한 거이야. 날 원망하지 마라우."

그녀는 뒷짐을 풀고 오른손에 쥐고 있는 길쭉하고 가느다란 막대기 같은 것으로 정필의 가슴 한복판을 눌렀다.

"처음이자 마지막으로 묻갔다. 민성환의 처 한유선과 딸 민혜주를 남조선으로 보낸 거이 너지?"

정필은 대답하지 않았고 권보영은 그럴 줄 알았다는 듯 계속 말을 이었다.

"우리가 알아낸 정보에 의하면 말이야. 한유선이가 어떤 물건을 공화국에서 갰고 나갔는데 그거이 남조선 안기부에 주지 않았다는 거이야."

권보영은 막대기로 정필의 어깨를 툭툭 두드렸다.

"기래서 말인데 그 에미나이가 그 물건을 너한테 주었다는 증거가 있다는 말이다."

권보영이 막대기로 정필의 뺨을 훑듯이 쓰다듬을 때 정필은 비로소 그녀를 똑바로 주시했다.

"너 어디에서 그렇게 큰돈이 생겨서리 연길에 흑천상사하고 삼천리강산을 운영하는 거이네?"

정필은 권보영이 갖고 있다는 증거가 별거 아니라는 생각이 들었다.

"그 돈의 출처가 궁금한 거냐?"

권보영은 정필이 처음으로 입을 연 것이 조금 반가운 듯 눈을 빛냈다.

"그래. 그 돈 어디에서 났니?"

"보영아."

"뭐이야?"

탁탁탁……

권보영은 막대기로 정필의 뺨을 조금 세게 여러 차례 두드렸다.

"이 새끼, 내 이름 부르지 마라. 알아듣갔니?"

"오늘이 며칠이냐?"

"이 종간나새끼래……"

"중요한 일이다. 오늘이 며칠인지 가르쳐 다오."

권보영은 정필을 노려보다가 말했다.

"3월 1일이다."

흑사파가 북한의 어린 여자아이 120명을 유럽 인신매매단에게 넘기려고 중국 단동항을 출발하는 날이 3월 4일 밤 9시라고 했었다.

오늘이 3월 1일이면 3일밖에 남지 않았다. 연길에 정필이 없으면 재영과 김길우가 그 일을 해결할지는 미지수다. 실행하지 않을 가능성이 크다.

정필은 15세 전후의 북한 어린 여자아이 120명이 유럽 인신매매단에 팔려가서 죽을 때까지 몸을 더럽혀야 한다는 사실을 생각하면 치가 떨렸다.

단지 북한에 태어났다는 이유만으로 그 어린것들이 들어본 적도 없는 나라에 팔려가서 인간으로선 상상도 하지 못할 지옥 같은 삶을 살아야 하는 것이다.

권보영은 정필이 얻어터져서 일그러진 얼굴로 골똘하게 생각에 잠긴 모습을 지켜보다가 물었다.

"오늘이 며칠인 거이 어케 묻는 거이냐?"

"보영아, 잠시 동안만 내 말을 들어봐라."

"해봐라."

웬일인지 권보영은 뒷짐을 지고 한 걸음 뒤로 물러났다.

정필의 설명을 모두 듣고 난 권보영은 무척이나 놀라는 표정을 지었다.

"그거이 확실한 정보니?"

"그래."

"흑사파 이 쌍간나새끼들이……."

탈북자들에 대해서는 피도 눈물도 없는 권보영이지만 북한의 어린 여자아이 120명이 유럽으로 팔려간다는 말에는 눈이 뒤집힐 정도로 분노했다.

그녀는 한동안 입술을 깨물고 생각에 잠기더니 가타부타 아무 말도 없이 그대로 밖으로 나가 버렸다.

혼자 남은 정필은 이 생각 저 생각 하다가 고개를 들고 자신의 몸을 내려다보았다.

그는 벌거벗은 몸이었다. 팬티조차 입고 있지 않은 상태여서 저 아래 그의 성기가 돌출되어 있는 것이 보였다.

그리고 허벅지와 배, 가슴에 가로로 가죽띠가 단단하게 묶여 있다. 그게 그의 몸을 고정시켜 주었다.

그리고 그의 시선이 닿는 몸 여기저기에 멍들고 찢어진 상처가 가득했으며 무엇인지 알 수 없는 푸른색의 약이 발라져 있었다.

권보영은 1시간쯤 지난 후에 돌아왔다.

그녀의 얼굴이 찌푸려져 있는 걸 보니까 일이 잘 풀리지 않은 것 같았다.

"어떻게 됐냐?"

"공화국에서는 어케 손을 쓸 수가 없갔어."

"무슨 소리냐? 팔려가는 여자아이들 북조선 인민 아니냐? 그런데 손을 안 쓰겠다는 거냐?"

"내래 그 에미나이들을 너 새끼보다 더 구하고 싶지 않갔어? 기런데 방법이 없다는 말이야."

"개수작하지 마라! 자기네 나라 어린애들이 팔려가는 것도 구하지 못하는 것들이 뭘 하겠다는 거야?"

정필이 발끈해서 소리 지르자 권보영이 인상을 쓰며 막대기로 그의 어깨를 세게 때렸다.

딱!

"악쓰지 마라우! 이 종간나새끼야!"

막대기의 재질이 무엇인지 모르지만 거기에 맞은 어깨가 떨어져 나가는 것 같은 묵직한 통증에 찢어지는 것처럼 날카로운 아픔이 찌르르 퍼졌다.

정필은 욱! 하고 치밀어 올랐으나 지금 발작을 해봤자 아무 소용이 없다는 사실을 깨닫고 분노를 겨우 삭였다.

"원래는 우리 공화국의 보위요원들이 중국 길림성 연길이나 장춘, 심양에 나가 있었는데 지금은 다 추방됐다는 말이다. 알아듣간?"

권보영은 잔뜩 못마땅한 얼굴로 내뱉었다.

"공화국의 어린 에미나이들을 구하려면 우리 보위요원들이 움직여야 하는데 중국에서 허가를 내주지 앙이하면 꼼짝도 못 한다는 말이다."

"너네 공화국 좆같구나."

정필이 씹어뱉듯이 중얼거리자 권보영이 힐끗 쳐다보았다. 북한에는 '좆'이라는 말이 없기 때문이다.

"좆같구나가 뭐이야?"

정필이 대꾸하기 귀찮아서 가만히 있자 권보영이 막대기를 들어 올렸다.

"이 종간나새끼래 맞아야……."

"좆 모르냐? 좆!"

"모르니까니 묻지 않니?"

정필은 고개를 앞으로 빼고 눈으로 자신의 성기를 내려다보면서 내뱉었다.

"서 아래 날린 게 좆이다."

권보영의 시선이 정필의 성기로 향했다.

"보영이 네가 환장하게 좋아하는 그게 좆이라는 말이다."

여자아이 120명을 구할 수 없다는 생각에 정필이 되는 대로 지껄이자 권보영의 막대기가 춤을 추었다.

딱딱딱— 짜작! 짝! 짝!

"이 쌍간나새끼래 어디서 개수작이야! 내가 너 새끼 속살 쑤시게에 어케 환장한다는 거이야?"

정필은 순식간에 10여 대를 얻어맞았는데 이건 고통이 아니라 막대기에 맞는 부위가 쩍쩍 쪼개지는 것 같았다.

"으으… 너 보영이, 이 개년……."

권보영은 매질을 멈췄다. 그녀는 공화국의 어린 여자아이 120명이 팔려가는 데도 구하러 가지 못하는 것 때문에 솟구친 화를 정필에게 풀었다.

"말하라우. 민성환이 돈 너 새끼가 갖고 있디 않니?"

"으음… 나는 그런 돈 모른다……."

"이 쌍놈의 새끼래 너 죽어보간?"

짜악! 짝! 짝! 따딱!

또다시 권보영의 매질이 소나기처럼 쏟아졌다.

2시간 동안 계속된 고문으로 정필의 온몸은 만신창이에 피투성이가 되었다.

그의 몸에서 흐른 피가 바닥에 흥건하게 고였으며, 권보영은 때리기에 지쳐서 헐떡거렸다.

"헉헉헉… 이 독종 놈의 새끼래……."

그녀는 정신이 나간 것처럼 때리다가 틈틈이 손을 멈추고 정필에게 민성환의 돈의 행방을 물었고, 정필은 차라리 죽는 게 나을 거라는 생각이 들 정도로 고통스러우면서도 끝까지 모르쇠로 일관했다.

그 몸서리쳐지는 지독한 고통 속에서도 정필은 정신을 잃지 않았다.

정신을 잃어야지만 고통이 덜할 텐데도 우라질 놈의 정신은 꼿꼿하게 제자리를 지키고 있었다.

통상 정신을 잃으려면 그에 합당한 묵직한 충격이 가해져야 하는데 막대기로 때리는 것은 살을 찢어서 피가 튀게 만들지언정 기절시키지는 못했다.

"중대장 동지, 도보위부에서 전화가 왔습다."

권보영이 때리다가 너덜너덜해진 막대기를 버리고 다시 10개째 막대기를 집어 들었을 때, 인민군 한 명이 들어와서 보고를 했다.

권보영은 막대기를 내던지고 나가면서 인민군 병사에게 명령했다.

"선기 순비하라우."

그녀는 다시 돌아와서 이번에는 전기 고문을 할 생각이다.

"저 새끼래 아예 죽여 버리갔어."

쾅!

"썅!"

전화를 끊은 권보영은 전화기를 바닥에 내던져서 박살을 내며 욕을 터뜨렸다.

부관 장간치 소위가 눈치를 살피면서 물었다.

"중대장 동지, 왜 그러심까?"

권보영은 눈을 부라렸다.

"최정필이 납치한 거이 누가 상부에 보고한 거이야?"

사실 권보영은 독단으로 계획을 세우고 실행에 옮겨서 정필을 납치한 것이다.

만약 상부에 보고했다면 두만강 너머 중국 영토에서의 작전이 허락됐을 리가 없다.

그녀는 비밀리에 작전을 성공시켜서 민성환이 관리하던 비자금의 행방을 알아낸 다음에 정필을 죽여서 복수를 하려고 했었다.

그런데 어떻게 상부에서 이 사실을 알았는지 귀신이 곡할 노릇이다.

그뿐만이 아니다. 방금 그녀와 통화를 한 인물은 함경북도 보위부 참모장인 대좌(대령)인데 즉시 정필을 석방하라고 으름장을 놓은 것이다.

그러면서 중국 길림성 당서기가 북한 중앙로동당에 직접 전화를 하여 최정필이 자신의 특수 보좌관이라면서, 만약 그를 석방하지 않을 시에는 조중간(朝中間:조선민주주의인민공화국과 중국)에 심각한 외교적 균열이 발생할 것이라고 엄포를 놓았다는 것이다.

"최정필이 그 새끼래 어케 길림성 당서기의 특수 보좌관이라는 거이야?"

권보영은 화가 가라앉지 않는지 방 안을 오락가락 걸어 다니면서 울분을 터뜨렸다.

"도보위부의 썩은 개간나새끼들이래 그따위 말도 앙이 되는 소리를 믿고서리……"

"중대장 동지, 최정필이래 길림성 당서기 특수 보좌관이 맞습다. 제가 직접 봤습다."

장간치의 말에 권보영이 발끈했다.

"너 새끼래 그거이 말이라고 하는 거이네?"

"중대장 동지, 지난번 연길공안국에서 최정필을 때렸다가 체포된 거이 잊었습까?"

"그거이 어때서리 그러네?"

"그때 제가 알아봤는데 최정필이가 길림성 당서기 특수 보좌관이 맞았습다."

권보영은 구둣발로 장간치의 정강이를 냅다 걷어찼다.

"고롬 그런 거이 왜 나한테 보고를 하지 앙이했니?"

장간치는 정강이를 감싸 쥐고 죽는 시늉을 했다.

"저는 중대장 동지께서 알고 계시는 줄 알았슴다……!"

*   *   *

권보영은 최후의 몇 가지 방법을 사용하기로 했다.

그래도 안 되면 정필을 풀어줄 수밖에 없다. 상부의 명령에 불복하면 심할 경우 권보영은 체포되어 신분이 박탈될 수도 있다.

정필은 권보영 뒤에서 두 명의 인민군 병사의 부축을 받으며 들어오고 있는 사람이 누군지 알아보고는 크게 놀라 버럭 소리쳤다.

"석철아!"

석철은 얼마나 매질과 고문을 당했는지 몰골이 말이 아니고 제대로 걸음도 걷지 못해서 두 명의 인민군 병사에 의해서 질질 끌려 들어왔다.

그는 고개를 들고 정필을 발견하고는 멍한 표정을 지었다가 왈칵 울음을 터뜨렸다.

"정필아… 으허엉……!"

석철은 정필 앞에 서 있는 권보영 옆에 무릎이 꿇렸다. 그는 짓이겨진 얼굴로 정필을 바라보며 용서를 빌었다.

"으흐녕… 성필아……! 내래 고문을 이기시 못해서리 너를 팔았다이……. 잘못했꼬마……."

그때 권보영이 석철의 뒤로 돌아가더니 다짜고짜 허리 벨트에서 권총을 뽑아 노리쇠를 후퇴시켰다.

철컥…….

그녀는 오른손에 쥔 권총 총구를 석철의 뒤통수에 대고 차가운 얼굴로 정필을 쳐다보았다.

"자, 말하라우. 이번에도 모른다는 대답이 나오면 이 반동새끼래 쏴죽이갔어."

"권보영, 너……."

정필은 놀라서 말을 잇지 못했다.

공포에 질린 석철이 부들부들 떨면서 눈물을 흘리며 정필을 바라보았다.

"저… 정필아……."

이럴 때 반드시 등장하는 것이 숫자를 세는 것이고, 권보영도 그 룰을 따랐다.

"셋을 세갔어. 셋 끝나면 그대로 쏴버리갔어."

그녀의 눈에서 살기가 번들거리는 것을 발견한 정필은 허풍이 아니라고 판단했다.

"하나."

"말하겠다."

권보영이 둘을 세기도 전에 정필이 씁쓸한 얼굴로 입을 열었다.

"정필아……."

정필이 고마운 건지, 미안한 건지 석철이 수도꼭지를 틀어놓은 것처럼 눈물을 펑펑 흘렸다.

권보영은 차갑고 독한 표정을 지우지 않은 채 석철의 뒤통수에 권총을 대고 정필을 쏘아보았다.

"말하라우."

"민성환의 돈은 모른다."

"이 개간나……."

권보영이 권총을 쏘려는 움직임을 보고 정필이 급히 외치듯이 말했다.

"보영이 너, 내가 흑천상사하고 삼천리강산을 무슨 돈으로 만들었느냐고 물었지?"

"기래, 종간나새끼야."

"그거 흑사파 돈이다."

"뭐이가 어드레?"

"나는 작년 12월 4일에 용정 시내 해란강 강가에 있는 농장에서 탈북한 여자 17명이 흑사파 인신매매단에 붙잡혀 있는 것을 구했었다."

"기래?"

권보영의 눈빛이 휙 달라졌다. 그로 미루어 그녀는 그 일을 알고 있는 것 같았다.

"그때 거기에서 가방에 든 250만 달러를 갖고 왔다."

"너 이 새끼……."

권보영은 놀라면서도 어이없다는 표정을 지었다.

"고거이 너 새끼 짓이었네?"

정필은 눈에 힘을 주고 권보영을 노려보았다.

"권보영, 너 그 일 알고 있었던 거냐?"

"기래, 이 종간나새끼야. 고거이 250만 달러가 우리한테 올 돈이었다는 말이다이."

"이 개 같은 년아!"

정필은 갑자기 악이 받쳐서 소리 질렀다.

"그 농장 축사에 인신매매로 잡혀 와서 강간당하고 얼어서 죽은 북조선 여자들 너희 연길보위부도 연관이 있는 거였느냐? 이 쌍년아!"

권보영은 얼굴이 굳어졌다.

"기런 거이 내래 모른다."

"그럼 너는 돈만 관심이 있는 거냐!"

정필은 더 악이 받쳤다. 그는 아까 권보영에게 막대기로 수백 대를 얻어맞아 온몸에서 피를 흘리는 모습이라 악귀처럼 보였다.

"야! 이 개쌍년아! 흑사파 놈들이 북조선 여자들을 납치해서 모조리 강간한 다음에 팔아먹으려고 거기 축사 얼음 바닥에 방치해 놔서 몇 명이나 얼어 죽었는지 너 아냐? 엉?"

정필이 바락바락 악을 써서 그런 건지, 아니면 그가 말하는 내용 때문인지 권보영은 묵묵히 듣기만 했다. 그렇지만 그녀의 얼굴에 놀라는 기색이 역력했다.

"니네 보위부가 북조선 여자들 내다파는 거 아니냐? 250만 달러 그거 여자들 몸값이냐?"

"아가리 닥치라우."

"정말 보위부가 북조선 여자들 인신매매하고 있고 권보영 네가 거기에 개입됐다면 너 내 손에 죽는다……!"

권보영은 권총을 정필에게 겨누었다.

"이 종간나새끼래 죽으려고 환장했구만기래. 어디 내 손에 죽어 보간?"

정필은 화를 가라앉히고 차분하게 말했다.

"인신매매한 게 아니라고 말하면 그 돈 돌려주겠다."

"다 썼다면서리 어케 돌려준다는 거이야?"

"흑천상사하고 삼천리강산 운영해서 돈 벌었다. 250만 달러에 이자까지 쳐서 300만 달러 주겠다."

"300만 달러를 주겠다고?"

권보영은 움찔 놀랐다.

"그래. 그 대신 나하고 석철이를 중국으로 보내다오."

"돈부터 보내라우."

권보영이 단칼에 잘랐다. 정필을 풀어줄 생각이나 있는 것인지 모를 일이다.

"보위부가 인신매매했냐, 안 했냐?"

"안 했다이."

권보영은 화를 참으면서 말했다.

"내래 공화국을 버리고서리 탈북하는 것들은 증오하지만 내 민족을 팔아먹는 짓 같은 거이 절대로 앙이한다."

"그럼 그 돈은 뭐냐?"

"밀수 대금이다."

"알았다."

정필은 권보영을 쏘아보다가 타협을 제의했다.

"석철이를 먼저 보내면 돈을 보내라고 하겠다."

"흠……."

권보영은 잠시 생각하다가 고개를 끄떡였다.

"알갔다. 이 새끼래 보내주지."

"석철이 연길에 무사히 도착했다는 연락을 받으면 돈을 보내라고 하겠다."

"이보라우, 최정필. 이 새끼래 너한테는 소중한 친구일지 몰라도 나한테는 파리 새끼 같은 놈이야."

"무슨 소리냐?"

"파리 새끼 하나 죽이고 살리는 거이 아무 문제도 없다는 거이다."

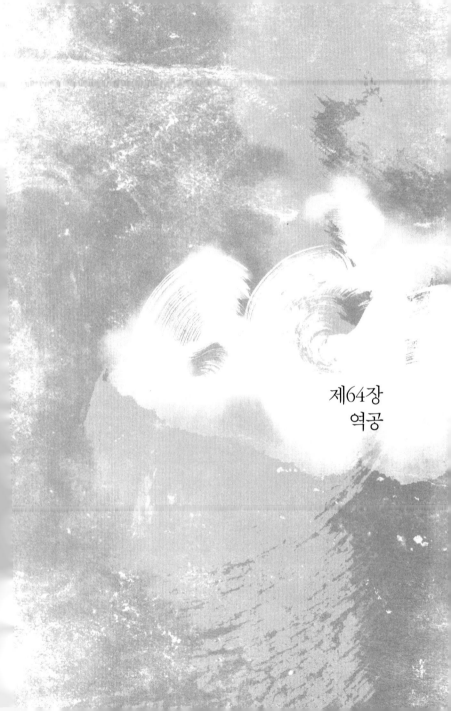

제64장
역공

4시간 후에 권보영이 정필에게 왔다.

"조금 전에 양석철이한테서 전화가 왔었다."

권보영은 정필 앞에 서서 손에 쥐고 있는 휴대폰을 들어보였다. 그건 정필이 예전에 석철이에게 주었던 휴대폰이다.

"다시 전화하기로 했으니까니 전화 받아보라우."

정필이 피곤한 얼굴로 말했다.

"보영이 너, 돈 받아도 나 중국에 보내지 않을 거지?"

"고거이 두고 보면 알 거이 아니갔어?"

정필은 자신의 자력으로는 이곳에서 탈출하지 못할 거라고 생각했다.

"너 중국 영토에서 내 여동생을 죽이고 날 납치한 사실을 중국 지도부에서 알면 무슨 일이 벌어질 것 같니?"

"……."

정필은 권보영의 눈이 커지고 몸이 움찔 떨리는 것을 놓치지 않았다.

그는 권보영이 자신의 여동생을 죽였다는 사실에 놀란 것인지, 아니면 후자인지 궁금해졌다.

"고 쪼꼬만 에미나이래 니 여동생이었네?"

정필은 옥단카를 여동생처럼 생각했다.

"그래, 네가 죽였지."

그의 눈이 복수심으로 이글거렸다.

"너 내가 길림성 당서기 특수 보좌관이라는 사실 알고 있는 거냐?"

이번에는 권보영의 눈동자가 크게 흔들리는 것을 정필은 똑똑히 보았다.

'뭔가 있다.'

만약 권보영이 인민군 병사들을 이끌고 두만강을 건너 중국 영토에서 옥단카를 죽이고 정필을 납치한 사실을 아무도 모르고 있다면 권보영이 당황할 리가 없다.

그렇다면 정필이 무산보위부 앞에서 마주쳤던 만호가 정필이 처해 있는 상황을 어떻게 해서라도 연길에 알렸을 가능성이 크다.

정필은 한 번 더 찔러보기로 했다.

"중국 당서기면 북조선의 도당비서보다 권력이 센 거 알고 있겠지?"

권보영이 속해 있는 함경북도 보위사령부 사령관인 중장(한국의 소장)도 함경북도 도당비서 아래에 있다는 것을 그녀는 잘 알고 있다.

권보영은 함경북도 보위사령관을 두 번인가 본 적이 있지만 도당비서는 본 적이 없다.

그녀에게 도당비서는 하늘 같은 존재라서 근처에도 가볼 기회가 없었다.

"길림성 당서기가 내 의형이다."

정필은 자신의 말에 권보영의 얼굴이 단단하게 굳어지는 것을 보고 이미 그녀가 상부에서 모종의 지시를 받았을 것이라고 짐작했다. 모종의 지시라는 것은 정필을 석방하라는 것일 가능성이 크다.

뿌르르르…….

그런데 그때 권보영이 들고 있는 휴대폰이 울렸다.

그녀가 휴대폰 폴더를 열고 귀에 대고 가만히 있다가 휴대폰을 정필의 귀에 대주었다.

"말하라우."

정필은 칼칼하게 잠긴 목소리로 입을 열었다.

"정필입니다."

그가 말하자마자 저쪽에서 악쓰는 소리가 터졌다.

―정필아! 내래 석철이다이! 여기 연길에 왔다!

"석철아……."

―여기에 우리 주인집 장인, 장모님하고 우리 각시도 데려다 놨꼬마이! 고맙다… 정필아… 끄으흑…….

석철은 울음을 터뜨렸다. 겨우 목숨을 건져서 연길에 갔는데 거기에 자신의 아이를 임신한 정화와 여동생 상화, 그리고 장차 장인, 장모가 되실 분들까지 다 함께 있는 걸 봤으니까 감격해서 목이 메일 만도 하다.

―터터우! 저 김길우임다!

"길우 씨."

김길우가 비명을 지르는 것처럼 악을 썼다.

권보영이 미간을 좁히며 일러주었다.

"돈 보내라고 하라우."

"어디로 보내면 되냐?"

―터터우!

"기다리세요, 길우 씨."

권보영은 생각하지도 않고 즉시 말했다.

"도꼬교로 끼고 오다 하라우. 날러도 샀고 와야 한다이."

정필이 휴대폰에 대고 그대로 말하자 김길우가 목소리를 낮추었다.

─알갔슴다, 터터우. 지금 권보영이 듣고 있슴까? 기냥 말해도 됨까?

"잘 안 들립니다. 크게 말하세요."

정필은 에둘러서 말했다.

─지금 터터우가 계신 곳이 온성 남양보위부라고 만호가 알아냈슴다. 오늘 밤에 팀장님이 도강해서리 터터우를 구하러 가실 겜다.

"돈은 언제 준비되겠습니까?"

─내일 오전 11시에 갖다준다고 하십시오, 터터우. 기니끼니 오늘 밤까지 몇 시간 동안만 참고 견디시라요.

정필은 권보영을 쳐다보았다.

"오늘은 늦어서 은행이 문을 닫았다고 내일 오전 11시에 갖고 온다고 한다."

권보영은 말없이 고개를 끄떡이고는 정필의 귀에서 휴대폰을 빼고 사신의 귀로 가져갔다.

정필은 김길우가 멋도 모르고 비밀스러운 얘기를 할까 봐 급히 소리쳤다.

"길우 씨! 달러로 갖고 와야 합니다! 달러!"

권보영은 휴대폰을 잠시 귀에 대고 있다가 폴더를 접으며 정필에게 건조한 목소리로 말했다.

"옥단카가 뉘기냐?"

정필은 눈에 불을 켰다.

"네가 죽인 내 여동생이다."

"살아 있단다."

"……."

정필은 멍한 표정을 짓고 있다가 버럭 소리 질렀다.

"무슨 소리야? 옥단카는 죽었다!"

"옥단카라는 이상한 이름의 에미나이가 니 여동생이 맞는 다면 살아 있는 거이 맞다. 내래 똑바로 들었다이."

정필은 옥단카가 어떻게 살았는지 온갖 가능성을 다 갖다 가 맞추어보았다.

"너 새끼래 이자 죽어도 된다."

그러나 권보영의 그 한마디에 정필의 생각이 깨졌다.

"너하고는 이자 공적인 용무가 끝났다."

공적인 용무는 돈에 대한 것이다. 처음에 권보영은 정필이 민성환의 돈을 갖고 있을 것이라고 추측했으나 용정 농장의 밀수 대금 250만 달러로 최종 낙찰을 보았다. 민성환보다는 용정 농장 쪽이 훨씬 더 설득력이 있기 때문이다.

정필이 조금 전의 전화 통화로 내일 오전 11시까지 300만 달러를 도문교로 갖고 오라고 지시했으니까 이제는 그가 없어도 돈을 받을 수 있다는 계산을 한 것이다.

"내가 보이지도 않는데 내 동료들이 돈을 순순히 건네줄 것 같으냐?"

권보영은 사악하게 미소 지었다.

"니 친구들이 일단 돈을 갖고서리 도문교에 올라서면 그걸로 끝이다."

도문교는 북한 남양과 중국 도문을 연결하는 두만강의 다리로서 북한과 중국이 절반씩 관리를 하는 것으로 알고 있다. 그런데 그걸 무시하겠다는 것이다.

하긴, 도문교 중국 쪽은 다리 입구에만 중국 군인이 서 있고 일단 다리에 들어서면 무방비 상황이다.

관광객들은 다리 중간까지 중국 군인의 제지 없이 자유롭게 왕래할 수 있다.

그러니까 사복을 입은 보위요원 몇 명이 관광객처럼 어슬렁거리다가 돈을 갖고 온 것처럼 보이는 정필의 동료를 덮치거나 그와 비슷한 방법을 사용하겠다는 뜻이다.

그렇지만 어쨌든 내일 오전 11시에 아무도 돈을 갖고 도문교로 오지 않을 것이다.

오늘 밤에 재영이 두만강을 건너 이곳 남양보위부에 잠입할 것이기 때문이다.

그렇지만 정필은 방금 권보영의 말을 듣고 아차 싶었다. 그녀의 공적인 일이 끝났으니까 이제 사적인 일, 즉 복수하는 것만 남았다.

권보영이 나간 후에 군복을 입은 여자 보위요원 한 명이 물통과 수건, 약통 따위를 갖고 들어와서 정필의 피투성이 몸을 씻어주고 치료를 해주었다.

권보영이 있을 때는 정필을 일으켜 세우는데 지금은 특수침대를 눕힌 상태다.

권보영이 명령을 했을 텐데 젊은 여자 보위요원이 벌거벗은 정필을 씻기고 치료하는 것은 뜻밖이다.

사실 그녀는 이곳 남양보위부에 배치된 간호사관이다. 이곳에는 간호사관이 그녀 한 명뿐이기 때문에 그녀가 치료해 주는 것이다.

정필이 정신을 잃고 이곳에 처음 끌려왔을 때에도 그녀가 치료를 해주었다.

그녀가 수건을 물에 적셔서 정필의 몸을 구석구석 닦고 있는데 찢어진 상처에 닿을 때마다 무척 쓰라렸다.

그녀는 정필이 아플까 봐 조심스럽게 몸을 씻다가 손을 멈추고는 그를 바라보았다.

"아픔까?"

난발머리에 인민군 모자를 쓰고 있는 그녀는 뜻밖에 20살이 채 되지 않은 예쁜 소녀였다.

"괜찮습니다."

정필이 씁쓸한 얼굴로 대답하자 그녀는 다시 몸을 씻기 시작했다.

"선생님이 검은 천사임까?"

그러더니 밑도 끝도 없이 그렇게 물었다.

정필은 허탈한 심정으로 중얼거렸다.

"그렇습니다."

그녀는 손을 멈추고 문 쪽을 잠시 쳐다보고는 다시 씻으면서 작은 목소리로 속삭이듯 말했다.

"우리 언니야가 몇 달 전에 중국에 넘어갔는데 아직 소식이 없슴다. 언니야가 죽었는지, 살았는지……."

뜻밖에도 그녀는 예상하지 않았던 말을 했다.

그녀는 상처가 심한 정필의 배와 허벅지를 닦는데 정신이 딴 데 가 있는지 아까처럼 조심스럽게 하지 않아서 매우 쓰라렸다.

"언니 이름이 뭡니까?"

정필이 묻자 그녀는 문 쪽을 한 번 더 쳐다보고 나서 아주 작게 속삭였다.

"한서희임다."

"뭐라고요?"

못 들은 게 아니라 '한서희'라는 이름을 제대로 들었는지 확인하려고 재차 물었다.

그녀는 손은 부지런히 움직이면서 정필을 바라보며 긴장된 얼굴로 다시 말했다.

"한서희임다."

"허어……."

잘못 들은 게 아니다. 정필은 한서희를 알고 있다. 알고 있는 정도가 아니다.

베트남 밀림 속에서 낭떠러지 아래 추락해 있는 한서희를 구해준 사람이 바로 정필이었다.

그 당시 한서희는 온몸의 뼈가 죄다 부러졌을 정도로 심각한 중상을 입었었다.

뿐만 아니라 추위 때문에 저체온증에 빠져 있어서 정필이 동굴에 모닥불을 피우고 옥단카와 함께 알몸으로 그녀를 양쪽에서 꼭 껴안고 밤을 지새워서 살려냈었다.

이후 밀림을 통과하는 동안 정필이 줄곧 한서희를 업고 다녔으며, 그래서인지 그녀는 나중에 정필에게 사랑한다고 고백을 했었다.

문득 정필은 그때 한서희가 대한민국에 일부다처제가 가능하냐고 물었던 일을 떠올렸다. 그러면서 한서희는 자신이 정필의 칩이다또 되고 싶다면서 울었던 기억이 시름도 어제 일처럼 생생했다.

정필이 한동안 아무 말이 없자 여자 간호 사관은 닦는 것을 멈추고 그를 쳐다보았다.

"한서희를 모릅까?"

정필은 누워서 그녀를 바라보았다.

"서희 가족은 모두 정치범수용소에 끌려갔다던데……"

"허억! 그거이 어찌 암까?"

그녀는 눈을 동그랗게 뜨면서 놀랐다.

정필은 그녀가 한서희 여동생이 맞을 거라고 확신했다.

"한서희는 보천보악단 가수였고, 나이는 20살, 아버지 한용국은 김일성종합대학 교수, 어머니 나운하는 평양음악무용대학 교수, 여동생 한주희, 남동생 한재민, 맞습니까?"

"흐으응……"

그녀는 정필을 굽어보면서 몸을 바르르 떨며 이상한 소리를 내더니 왈칵 울음을 터뜨렸다.

"으흐흑……! 맞습다… 제가 바로 한서희 동생 한주희임다……"

그녀 한주희는 울음을 터뜨렸다가 제풀에 화들짝 놀라서 문을 쳐다보고는 소리를 낮추어 흐느꼈다.

정필이 가만히 바라보니까 한주희는 정말 언니 한서희와 많이 닮았다.

정필이 여태까지 만났던 탈북녀들 중에서 가장 아름다웠던 여자는 한서희와 혜주, 두 사람이었다. 그런데 한주희도 두 사람 못지않은 미인이다.

정필의 입가에 미소가 떠올랐다. 이런 곳에서 서희 여동생을 만날 줄은 상상도 하지 못했었다.

"네가 서희 동생이라니……."

"흐으응… 언니야를 암까? 만났습까?"

"그럼, 만나다마다."

"어케 만났습까? 서희 언니야 지금 어디 있습까?"

주희는 정필에게 매달리다시피 하면서 울며 물었다.

정필은 주희를 진정시키고 급한 것부터 요구했다.

"이거 풀 수 있겠니?"

그의 몸통을 묶고 있는 가죽띠와 팔다리를 결박한 수갑, 족쇄를 말하는 것이다.

"이거이 제 힘으로는 어림도 없습다."

그렇게 도리질을 하면서도 주희는 가죽띠를 풀려고 끙끙거리다가 한숨을 내쉬면서 물러났다.

정필은 5분에 걸쳐서 자신과 한서희가 만났던 상황과 그녀가 대한민국으로 갔다는 것에 대해서 간략하게 설명을 해주

냈나.

주희는 정필이 베트남 밀림에서 다 죽어가는 서희를 구해서 그녀를 업고 다녔다는 말에 크게 감동하여 그의 가슴에 엎드려서 펑펑 울었다.

"주희야."

정필이 세 번이나 불러서야 주희는 겨우 대답을 했다.

"네……."

"누가 올지 모른다."

정필의 말에 주희는 화들짝 놀라서 급히 정필에게서 떨어져 눈물을 닦으며 문 쪽을 처다보았다.

"조금 전에 중대장이 부관한테 정필 오라바이를 다른 곳으로 옮기라고 말하는 거이 들었습다."

주희는 정필을 치료하면서 매우 중요한 사실을 알려주었다.

"정필 오라바이를 다른 곳으로 옮기면서리 부하들한테는 석방했다고 소문을 내랬습다."

"주희야."

"네."

정필은 목소리를 한층 낮췄다.

"이따 밤에 누가 나를 구하러 올 거야."

"네? 그거이 정말임까?"

주희는 바싹 긴장하여 치료를 하는 손을 멈추고 정필의 말에 귀를 기울였다.

"내가 어디로 옮겼는지 알아두었다가 그 사람한테 말해줄 수 있겠니?"

일개 간호 사관인 주희에게는 무리한 부탁일지 모른다.

그렇지만 정필로서는 지금 상황에서 의지할 곳이라고는 주희, 한 사람뿐이다.

"해보갔습다."

주희는 작은 손으로 주먹을 쥐어보였다.

정필에게 옷이 입혀졌다.

인민군 군복인데 새 것은 아니고 깨끗이 빨아놓은 군복이며 하전사 계급장이 붙어 있다. 그러나 정필이 덩치가 커서 맞는 군복이 없는 탓에 군복이 작아서 팔다리가 나오고 배꼽이 드러난 모습이다.

정필은 손발에 수갑과 족쇄가 채워지고 머리에 헝겊 보자기를 뒤집어쓴 상태에서 다른 곳으로 옮겨졌다.

그렇지만 이동하는 시간이 10분이 채 안 된 것으로 미루어 남양보위부에서 멀지 않은 장소 같았다.

그 10분이라는 시간도 정필을 방에서 꺼내고 들여놓는 데 절반 이상이 소요됐다.

정필은 머리에 헝겊 보자기가 씌워진 상태로 어느 방 안에

높여셔서 한 시간 성도 방시되어 있었나.

그는 다른 장소에 감금되었지만 아마도 권보영은 그를 석방했다고 상부에 보고했을 것이다.

지금이 몇 시쯤 됐는지는 모르지만 오래지 않아서 재영이 정필을 구하러 올 것이다.

재영은 단독으로 침투할 것이다. 정필을 구하러 올 사람은 재영 한 사람밖에 없다.

그러나 재영 혼자서라도 충분히 승산이 있다. 그는 707특임대 팀장이었다. 이보다 더한 작전을 수십 번이나 성공시킨 베테랑이다.

북한 보위부는 정보 수집이나 첩보, 감시 등을 주로 하는 군 정보기관이기 때문에 전투에는 그다지 능하지 않다고 알려져 있다.

이곳에 어느 정도 병력이 주둔하고 있는지는 모르지만 말 그대로 재영은 침투를 하는 것이라서 이곳의 전체 병력하고 싸울 일은 없을 것이다.

하늘이 도와서 재영이가 주희를 만나 정필이 감금된 장소를 알아낸다면 가능성은 더 커진다.

어쨌든 지금으로선 정필이 믿을 사람은 재영 한 사람뿐이다.

권보영이 왔다.

"최정필."

권보영은 정필 머리에 씌운 헝겊 주머니를 벗기고 차갑게 그를 불렀다.

정필은 몸통에 가죽띠를 하지 않았지만 침대에 눕혀져서 팔다리가 활짝 벌려진 채 결박당해 있는 상태다.

그는 권보영의 부름에도 눈을 감은 채 대답하지도 움직이지도 않았다.

기절한 건 아니지만 귀찮았다. 권보영이 그를 찾아온 것은 괴롭히는 것이 목적일 테니까 말이다. 그래서 눈을 뜨지 않으면 자거나 기절한 줄 알고 그녀가 물러갈지도 모른다고 생각했다.

짝!

"야! 최정필!"

권보영이 냅다 정필의 뺨을 후려쳤다. 고개가 확 돌아갈 정도의 세기다.

원래는 계획하지 않았던 거지만 정필은 뺨을 맞고서도 가만히 있었다.

권보영이 정필을 찾아온 것은 그를 괴롭히거나 어쩌면 죽이려는 것일 수도 있다.

그렇지만 반응하지 않고 가만히 있으면 그런 일을 피해갈 수도 있을 거라고 생각했다.

권보영은 정필의 뺨을 한 대 더 때려보고는 밖으로 나갔다.

권보영은 30분 후에 다시 왔다.

"어케 된 거인지 보라우."

"네, 중대장 동지."

침대 옆에서 권보영의 냉랭한 목소리에 이어서 주희의 주눅이 든 목소리가 들렸다.

주희는 정필의 맥을 짚어보고 눈을 까뒤집고 가슴에 청진기를 대보았다.

"잠을 자지 앙이하고 또 먹지를 못해서리 기력이 없어진 거임다."

"어카면 깨어나갔니?"

"죽 같은 거를 먹이고 푹 쉬게 하면 괜찮을 거임다. 링거를 맞게 하면 더 좋아지겠지만……."

"링거 있니?"

"없슴다."

"정신만 차리게 할 수는 없는 거이니?"

"지금은 어렵갔슴다."

잠시 후에 권보영이 한숨을 푹 쉬더니 명령했다.

"어카든 빨리 깨어나게 하라우."

문 닫히는 소리가 나고 2분쯤 지난 후에 주희가 부드럽고 작은 목소리로 속삭이듯이 정필을 불렀다.

"정필 오라바이, 중대장 동지 갔슴다."

정필을 진찰한 주희는 그가 거짓으로 기절한 체한다는 사실을 알아차린 모양이다.

정필이 눈을 뜨자 주희는 그의 얼굴을 굽어보면서 배시시 미소를 지었다.

"오라바이, 연기 잘함다."

"피곤해서 좀 잤다."

주희는 문을 등지고 침대 옆에 앉아서 정필의 얼굴을 들여다보는 자세를 취했다.

"오라바이 돌보라고 불려왔슴다."

정필이 기절한 체 연기를 하지 않았으면 주희는 그가 어디로 옮겨졌는지 전혀 몰랐을 것이다.

그녀가 불려온 것은 정필이 의도했던 게 아닌데 어쨌든 잘된 일이다.

"여기 어딘 줄 아니?"

"암다. 중대장 동지 사택임다."

"권보영이 집이라는 거니?"

정필은 눈동자를 굴리며 실내를 살피면서 뜻밖이라는 표정을 지었다.

실나 퀸보영이 생활하고 있는 사택으로 옮길 줄은 생각하지도 못했었다.

"주희야."

정필은 눈을 감고 있는 동안 생각해 낸 것을 말했다.

"휴대폰 구할 수 있니?"

"휴대… 폰이 뭡까?"

"손전화 말이다."

"아… 손전화를 휴대폰이라고 함까?"

"그래."

"그런 거이 여기에 있는지 잘 모르갔슴다."

주희는 골똘하게 생각하고 나서 말했다.

"어디에 전화하려고 그러심까?"

"아니, 손전화가 있으면 좋겠지만 그게 아니더라도 주희 네가 대신 전화를 해주면 된다."

"중국에 함까?"

"그래. 누구 손전화 갖고 있는 사람 모르니?"

"손전화 갯고 있는 사람은 없고… 여기 통신부에 가면 중국에 전화할 수 있을 겁다."

"그래? 너 전화할 수 있겠니?"

"해보갔슴다."

주희는 눈을 빛냈다.

"누구한테 뭐라고 하면 됨까?"

정필은 전화번호와 전할 말을 알려주었다.

"오늘 밤에는 헐렁할 겁다."

주희는 정필의 귀에 대고 말해주었다.

"헐렁… 뭐?"

"병사가 많이 없어서 경비가 헐렁하다는 말임다."

"무슨 일이 있니?"

"아께 도문에서리 북송 열차가 들어왔슴다."

"아…….."

주희는 슬픈 얼굴로 중얼거렸다.

"이번에는 300명 가까이 왔슴다. 점점 많아짐다."

"그렇구나."

두만강 건너 중국 도문변방대에 집결한 탈북자들을 한 달에 한 번 열차에 태워서 바로 두만강 건너 온성 남양보위부로 이송하는데 매번 200~300명 수준이라고 한다.

배가 고파서 먹을 것을 구하러 중국 땅에 넘어가서 이것저것 온갖 잡다한 일을 하다가 붙잡혀 온 그들 북송자들은 이곳 남양보위부에서 일단 분류 작업을 거치게 된다.

분류 작업이라는 건 별게 아니다. 탈북한 이유가 단순하게 먹을 것을 구하려는 것이었는지, 그래서 먹을 것을 구하거나 돈을 벌면 북한으로 돌아오려고 했는지, 아니면 또 다른 목적,

이를테면 애초부터 대한민국으로 가려는 목적을 품고 있었던 것인지, 중국에서 대한민국 사람을 접촉하지는 않았는지, 특히 기독교인들 목사나 전도사를 만나서 기독교에 물들지는 않았는지에 대한 것들을 거의 고문에 가까운 방법으로 조사한다.

그리고 그 과정에 갖고 있는 짐과 몸을 수색하는데 이때 남녀를 홀딱 벗겨서 음부와 항문 속까지도 뒤지고 강제로 대변을 보게 해서 삼키거나 감춘 달러나 위안화를 찾아내게 된다.

"우리 아매하고 아바이, 그리고 남동생은 여기서 가까운 회령 22호 관리소에 있슴다."

주희가 쓸쓸한 얼굴로 중얼거렸다.

"22호 관리소가 뭐지?"

"정치범수용소임다."

그녀는 눈물을 글썽거렸다.

"가족이 그렇게 될 때 저는 군대에 나와 있었기 때문에 정치범수용소에는 끌려가지 않았슴다. 그 대신에 이런 오지로 추방당한 검다."

성빈은 문득 정치범수용소에 끌려갔다는 고모와 고모부가 생각이 났다.

"내 고모와 고모부께서 청진에서 사시다가 정치범수용소에 끌려가셨는데 청진에도 정치범수용소가 있니?"

"있슴다. 25호 관리소인데 완전통제구역임다."

"그게 뭐니?"

"완전통제구역은 종신 수용소임다. 한 번 들어가면 죽을 때까지 나오지 못함다."

"음."

주희는 착잡한 표정을 지었다.

"청진 사람은 대부분 회령 22호 관리소에 보내짐다. 살던 곳에서 가까운 곳으로는 절대로 보내지 않슴다. 오라바이 고모와 고모부도 아마 22호 관리소에 계실 거임다."

주희는 문 쪽을 살피면서 소곤거렸다.

"오라바이 계속 눈 감고 기절한 척 계시라요. 저는 전화 걸 수 있나 살펴보고서리 죽 끓여갖고 오갔슴다."

주희가 나간 후에 정필은 이런저런 생각들을 복잡하게 했다. 그리고 나중에 어떤 결정을 내렸다.

'내가 여기에서 무사히 풀려난다면 회령정치범수용소에 가 봐야겠다.'

주희가 죽을 쒀서 갖고 왔을 때 정필은 깊은 잠에 빠져 있었다.

"오라바이."

주희는 정필을 깨워서 죽을 떠먹이며 말했다.

"진화를 하지 못했습니다. 통신부에 껑비가 심해서리……."

재영이 침투했을 때 정필이 어디에 감금되어 있는지 아는 것과 모르는 것은 큰 차이가 있다. 알고 있다면 재영이 곧장 이곳으로 올 수 있지만, 모른다면 엉뚱한 곳만 헤매다가 실패할 확률이 크다.

"제가 나가서 사택 입구에 서 있갔습다. 누구 수상한 사람이 오면 오라바이 구하러 왔느냐고 물어보고서리 이리로 안내할 거임다."

"주희야, 지금 내 팔다리를 묶은 것이 뭐냐?"

주희가 살펴보고 나서 대답했다.

"수갑임다."

"발은?"

"발도 수갑임다."

족쇄면 풀기가 어려운데 수갑이라면 훨씬 쉽다.

"주희 너 수갑 열쇠 좀 구해와라."

"오라바이."

"구할 수 있겠니?"

주희는 죽을 떠먹이던 손을 멈추고 정색을 하면서 그를 노려보았다.

"저도 데리고 가기요."

"물론이다. 당연히 너도 데려갈 거다. 나 혼자서는 안 간다."

주희는 두 손을 가슴에 모으고 기뻐서 눈물을 글썽거렸다.

"아아… 고맙슴다… 오라바이……."

"무슨 일이 있어도 너를 남조선에 있는 서희에게 보내주겠다. 걱정 마라."

철컥…….

주희가 눈물을 흘리면서 정필에게 안기려고 하는데 갑자기 문이 벌컥 열리면서 권보영이 들어왔다.

주희는 움찔했고 정필은 즉시 눈을 감았다.

저벅저벅…….

뒤에서 권보영이 걸어오는데 주희는 숟가락에 죽을 떠서 정필에게 내밀며 하소연하는 연기를 했다.

"제발 눈을 뜨고 이거 좀 먹어보기요."

권보영이 주희 뒤에 멈춰서 냉랭하게 명령했다.

"나가라우."

"아! 중대장 동지……!"

주희는 권보영이 들어온 것을 전혀 몰랐던 것처럼 깜짝 놀라 일어서는데 눈물을 흘리고 있다.

"이 동무래 도통 먹지를 않슴다. 어카면 좋슴까?"

권보영은 주희가 눈물을 뚝뚝 흘리는 걸 보고 미간을 잔뜩 찌푸렸다.

"이 간나, 너 영화 찍네?"

"네!"

"나가라우."

주희는 정필을 한 번 쳐다보고는 죽 그릇을 들고 총총히 방을 나갔다.

"이 미친년……."

20분 후, 방에 혼자 남은 정필은 눈을 뜨고 오만상을 쓰면서 욕설을 내뱉었다.

결론적으로 말하자면 20분 동안 정필은 권보영에게 꼼짝없이 강간을 당했다.

일전에 그녀가 정필에게 무방비 상태에서 강간을 당했었기 때문에 똑같이 복수를 한 것이다.

정말 희한한 것이, 이런 상황에서도 권보영이 정필을 흥분시키니까 그놈이 정직하게 반응을 했고, 그녀는 바지만 벗고는 아주 잔인하고도 통쾌하게 정필의 몸 위로 올라가서 제 욕심을 채웠다.

그것이 그녀 식의 복수였다. 더 놀라운 것은 정필이 수치심으로 질끈 눈을 감고 있는데 반해서 권보영은 흥분을 했다는 사실이다.

뿐만 아니라 그녀는 절정에 도달하여 몸부림을 치면서 이빨로 정필의 어깨를 깨물기까지 했다. 아무래도 그녀는 새디

스트 기질이 있는 것 같았다.

복수로 따진다면 정필이 졌다. 그는 권보영을 강간하면서도 흥분은 느끼지 못했었다. 그저 그녀를 짓밟아야 한다는 의무감 같은 것만 있었을 뿐이다.

뭐라고 설명하기 어려운 지독한 모멸감을 맛본 정필은 한 가지 중요한 사실을 깨달았다.

그가 강간을 했을 때 권보영도 지금의 그와 똑같은 기분이었을 거라는 사실이다.

지금 그가 느꼈거나 혹은 깨달은 것이 중요한 사실인지 그렇지 않은지는 알 수가 없다.

하지만 한 가지 분명한 것은, 어떤 일이 발생하면 항상 가해자와 피해자가 있게 마련인데, 나중에 입장이 바뀌게 되면 예전에 가해자였던 현재의 피해자가 그때 피해자의 심정을 느끼고 이해하게 된다는 사실이다.

그렇다고 해서 그런 걸 일일이 신경을 써가면서 활동할 수는 없는 일이다.

그러니까 방법은 하나뿐이다. 어떻든 간에 피해자가 되지 말고 언제든지 가해자가 돼야 한다는 것이다.

덜컥……

문이 열리고 이번에는 주희가 들어왔는데 물통과 수건을 들고 있었다.

"아······."

그녀는 무심코 걸어 들어오다가 정필의 바지가 아래로 내려져 있는 것을 발견하고 깜짝 놀랐다.

주희는 문을 제대로 잘 닫고 정필에게 다가오면서 놀란 얼굴로 속삭였다.

"또 고문당했슴까?"

정필은 그냥 쓸쓸한 표정을 지었다.

"그래."

권보영이 정필에게 한 짓은 고문보다 지독한 일이었지만 그런 것까지 주희에게 설명할 필요는 없다.

"제가 오라바이 죽 드리려고 기다리고 있는데 중대장 동지가 오라바이 씻겨드리라고 했슴다."

주희는 침대 옆에 물통을 내려놓고 수건을 담가서 물에 짜고는 정필의 몸을 살펴보다가 아래쪽을 보고는 의아한 표정을 지었다.

"이기 어케 이리 지저분함까?"

주희는 처음에 정필을 치료하러 왔을 때 그의 벗은 몸을 보고 기겁했나.

사실 그녀는 남자의 벗은 몸을 보는 것이 태어나서 처음이었다. 정필의 몸에 생각보다 상처가 많았고, 피가 많이 흘러서 그것을 닦고 치료하느라 그의 성기 쪽은 보지 않으려고 애썼다.

그 이후에는 그가 소문으로만 듣던 검은 천사이고, 또한 친언니 한서희를 구해준 사람이라는 사실 때문에 그가 벗은 몸인지 뭔지 거의 상관하지 않게 되었다.

"중대장 동지가 여기다 뭘 묻혔슴까? 어케 고문을 했기에 지저분한 거이 잔뜩 묻어서리 잘 닦이지도 않고⋯⋯."

"주희야, 수갑 열쇠 갖고 왔니?"

정필은 창피하기도 하고 그보다는 수갑 열쇠가 더 급해서 얼른 화제를 돌렸다.

"찾지 못했슴다."

수갑 열쇠를 찾지도 못했고 정필이 감금된 장소를 알리지도 못했는데 시간은 자꾸 흘러가고 있다.

"지금 몇 시니?"

"저녁 7시임다."

"주희야, 내 말 잘 들어라. 네가 해줘야 할 일이 있다."

정필이 진지하게 말하자 주희는 긴장했다. 그녀는 정필의 하체를 닦는 손을 멈추고 그를 바라보았다.

"말씀하기요."

"지금 강을 건너갈 수 있겠니?"

주희는 깜짝 놀랐다.

"두만강을 말임까?"

"그래. 도문으로 가는 거다. 거기에 가면 내 동료들이 있을 텐데 내 동료에게 전화를 걸어라."

정필의 말에 주희는 화들짝 놀랐다. 두만강을 도강하라는 주문에 이어서 정필의 동료를 만나라니까 놀라움에 두려움이 겹쳤다.

"저는… 그런 거이 못 합다."

"할 수 있다."

"오라바이……."

"주희 너 서희 있는 남조선에 가고 싶댔지?"

"네……."

"그럼 가는 거다. 두만강 건너가서 내 동료들에게 내가 있는 곳을 알려주고 너는 거기에 그냥 남아 있으면 된다."

"아… 저는 못 합다. 그거이 어케……."

정필이 주희의 표정을 볼 때 그녀는 죽으면 죽었지 절대로 그 일을 하지 못할 것 같았다.

하지만 정필로서는 선택의 여지가 없으므로 어떻게 하든지 그녀를 설득해야만 한다.

정필이 주희를 설득하느라 애쓰기는 했지만 그녀가 두만강을 건너갈 것인지 아닌지 결론이 나지 않았다.

정필이 한창 주희를 설득하고 있을 때 권보영이 불쑥 들어왔기 때문이다.

"나가라우."

권보영의 딱딱한 명령에 주희가 벌떡 일어나서 문으로 걸어 가다가 정필을 돌아보았다.

정필은 고개를 돌려서 주희를 바라보다가 두 사람의 시선 이 마주치자 그녀가 두만강을 건너가 주기를 눈빛으로만 안 타깝게 전했다.

"간나새끼, 너래 어딜 보니?"

정필이 주희를 쳐다보는 게 못마땅한지 권보영이 힐책하고 는 아직도 벗겨져 있는 그의 바지를 입혀 주었다.

"강간에 대해서는 이제 최정필이 너하고 비겼다."

권보영이 침대 옆에 앉으며 중얼거렸다.

정필은 아까 가해자와 피해자의 관계에 대해서 깨닫고 생각 한 것이 있기 때문에 잠자코 있었다.

정필이 권보영을 한 번 강간했었고, 그녀가 정필을 강간했 으므로 그것에 대해서는 서로 비겼다는 말이 묘한 뉘앙스를 풍겼다. 그런 복수와 계산법은 순전히 권보영만의 방식일 것 이다.

그녀의 말은 강간에 대해서는 계산이 끝났지만 또 다른 것 이 남아 있다는 뜻이기도 하다.

즉, 그동안 그녀가 정필에게 당했던 고통이나 막심한 손해 같은 것들이다.

"내래 그거이 많이 생각해 봤다."

권보영은 밑도 끝도 없이 불쑥 말을 꺼냈고, 정필은 듣는 둥 마는 둥한 얼굴로 가만히 누워 있었다.

"너래 길림성 당서기 특수 보좌관이고 그 사람의 의동생이라고 하니끼니 나하고 보위요원 몇 명쯤 중국에 입국시켜 줄 수 있지 않갔니?"

정필은 뜬금없이 이게 무슨 소린가 하는 생각이 들었지만 여전히 잠자코 있었다.

"너 길림성 당서기한테 전화해서리 나하고 10명 정도 통행증 만들어 달라고 하라우."

정필은 냉랭하게 물었다.

"내가 왜 그래야 하지?"

"너래 흑사파 아새끼들이 우리 북조선 어린 에미나이 120명을 중국 단동에서 배에 태워 유럽으로 보낸다고 말하지 않았네?"

정필은 의외라는 표정을 지었다.

"보영이 너 단동에 가서 여자아이들을 구하려는 거냐?"

"기래."

"그러라고 위에서 명령이 떨어진 거냐?"

권보영은 손을 저었다.

"기딴 거 없어도 돼야."

정필은 권보영이 상부의 명령 없이 독단적으로 행동하려는 것이라고 알아들었다.

권보영이 단동항에서 팔려 나갈 북한의 어린 여자아이 120명을 이렇게까지 해서 구하려고 한다는 사실이 정필은 솔직히 의외다.

"나를 풀어준다는 거냐?"

"그런 말 앙이했다이."

정필의 말에 권보영은 싸늘하게 대꾸했다.

"니가 길림성 당서기한테 전화해 주면 되지 않겠니?"

"그만둬라."

"너… 어린 에미나이들이 유럽에 팔려가는 거이 괜찮다는 말이니?"

"내가 알 바 아니다."

정필은 오늘 밤에 여기에서 탈출하면 3월 4일까지 시간이 있으니까 자신이 여자아이들을 구할 생각이다.

권보영은 여자아이들을 구할 가능성도 희박할뿐더러 그녀들을 구하면 북한으로 데려갈 것이기 때문에 중국에 나와 있는 그녀들의 부모, 형제하고는 생이별을 시키게 된다.

처음에 정필이 이곳에서 빠져나갈 가능성이 없다고 여겼을 때에는 무조건 여자아이들을 구해야겠다는 생각에서 권보영에게 얘기했던 것이지 이제는 그럴 필요가 없다.

"너 종간나새끼 위험에 빠진 북조선 에미나이들 구하는 거이 니가 하는 일 아니네?"

"관심 없다."

"뭐이 어드래?"

권보영은 정필을 노려보았다.

"한 번 더 묻갔어. 북조선 에미나이 구하는 거이 정말 관심 없네?"

"그래."

"이 종간나새끼⋯⋯."

권보영은 발딱 일어나서 정필을 잡아먹을 것처럼 노려보다가 밖으로 나가 버렸다.

권보영이 나가고 나서 10분쯤 후에 건장한 체격의 보위요원 4명이 들어와서 정필의 두 팔과 두 다리를 수갑과 족쇄로 채우더니 사택 지하실로 끌고 갔다.

그곳에서 정필은 4명의 보위요원에게 주먹과 발길질, 각목으로 흠씬 두들겨 맞았다.

4명의 보위요원은 왜 때리는 것인지 이유를 말해주기는커녕 무지막지하게 구타하는 동안 한마디도 하지 않았다.

그렇지만 정필은 자신이 왜 맞는지 이유를 알 수 있었다.

"썅! 종간나새끼……."

권보영은 남양보위부 자신의 집무실 안에서 오락가락 걸어다니며 분을 삼키고 있다.

권보영의 눈치를 살피고 있던 부관 장간치 소위가 조심스럽게 물었다.

"중대장 동지, 어캅니까?"

불똥이 장간치에게 쏟아졌다.

"뭘 어카네? 단동으로 간다."

"통행증이 없는데 괜찮갔슴까?"

"기딴 거 없어도 상관없어야. 8시 30분에 출발할 거이니끼니 날래 준비하라우."

"알았슴다."

권보영은 정필이 도와주지 않는다고 해도 중국 단동항에 여자아이들을 구하러 갈 생각이다.

정필에게 그 얘기를 듣기 전까지는 몰랐었는데 일단 듣고 나니까 하루 종일 여자아이들에 대한 생각이 머리에서 떠나지 않았다.

권보영은 북한 사람들이 탈북하는 것을 미워하는 것이지 그들이 중국인들에게 갖은 핍박을 당하는 것이나 다른 나라에 성 노리개로 팔려가는 것까지 용납하는 것은 아니다.

사실 그녀는 탈북자들이 중국에 나와서 무엇을 어떻게 해서 먹고살며 돈을 버는지, 아니면 인신매매나 그와 비슷한 경로를 통해서 착취나 유린을 당한다는 사실에 대해서는 전혀 모르고 있었다.

탈북자들에 대한 그녀의 관심은 오로지 두 가지뿐이었다. 탈북은 했지만 북한에 돌아갈 사람은 그나마 용서할 수 있지만, 가족과 조국을 배신하고 남조선으로 도망가는 자들은 절대로 용서할 수 없다는 것이었다.

탁!

권보영은 정필에게 배신당한 분노를 참기 어려워서 구둣발로 벽을 걸어찼다.

"너 같은 반동 새끼의 도움은 필요 없어야!"

김길우와 재영은 정확하게 7시에 도문에 도착하여 저만치 도문교가 바라보이는 대로변에 평범한 싸구려 중국산 승용차를 주차시켜 놓고 차 안에서 시간이 가기를 기다리고 있는 중이다.

위아래 섬은색의 날렵한 옷을 입고 모자를 눌러쓴 재영은 손목시계를 봤다.

"8시 반에 가겠소."

"너무 이른 거 아임까?"

김길우는 말해놓고서 뒷자리를 돌아보았다.

"승희, 너는 어케 생각하니?"

뒷좌석에는 재영처럼 검은 옷차림의 승희가 꼿꼿한 자세로 앉아 있다가 대답했다.

"저녁 점호가 끝난 다음에 가는 거이 좋슴다."

"저녁 점호가 몇 시지?"

"9시임다."

승희가 북한군 특수부대인 폭풍군단 벼락여단 소속이라는 사실은 정필밖에 모른다.

그런데도 승희가 여기까지 따라온 것은 그녀가 같이 가겠다고 자원했기 때문이다.

그녀가 단지 북한 해안고사포중대 하사 출신이라고만 알고 있는 김길우와 재영은 그래도 조금이나마 도움이 될 것이라고 여겨서 그녀가 내민 손을 뿌리치지 못했다.

재영은 담배를 한 대 물고 불을 붙였다.

"길림성 당서기가 강력하게 항의하는 데도 까딱하지 않다니 권보영, 이년 아주 꼴통이로군."

재영은 소음 권총 탄창을 능숙하게 빼서 탄환을 확인하고 있는 승희에게 담배를 내밀었다.

"피우겠소?"

"일 없슴다."

"권총 다루는 솜씨가 세밥인네? 어디에서 배웠소?"

정필이 사용하다가 놔둔 글룩17을 김길우가 주었는데 승희는 마치 몇 년 동안 자신이 사용했던 권총처럼 능숙하게 다루었다.

"선생은 어디에서 배웠슴까?"

"군대에서 배웠소."

"나도 군대에서 배웠슴다."

재영은 승희의 까칠한 대답에 슬쩍 인상을 썼다.

"성질하고는."

김길우가 벙긋 미소 지었다.

"승희는 터터우에게만 공손함다."

재영이 담배 연기 때문에 창을 조금 열었다.

대로변 인도 너머에 줄지어 늘어선 가게들에서 흘러나오는 불빛 덕분에 거리는 어둡지 않았다.

재영은 담배를 피우고, 권총 손보기를 끝낸 승희와 김길우는 물끄러미 앞창을 응시하고 있다.

"성밀이 놋 잧으면 남양보위무를 통째로 쓸어버리겠어."

재영이 다 피운 담배를 창밖으로 내던지면서 중얼거릴 때 저만치 전방에서 한 사람이 다가오는 모습이 앞창을 통해서 보였다.

하지만 차 안의 세 사람은 다가오는 사람을 물끄러미 바라보면서 시간이 흐르기만 기다리고 있었다.

차 앞 인도 위를 걸어오고 있는 사람은 여자인데 허름한 옷차림에 주위를 자꾸만 두리번거렸다.

그렇지만 이때만 해도 재영과 김길우는 그녀에게 전혀 신경을 쓰지 않았다.

하지만 승희는 달랐다. 그녀는 가까이 다가와서 승용차 옆의 점포를 기웃거리는 여자를 자세히 살펴보았다.

점포에서 흘러나온 불빛이 밝다고는 하지만 여자의 얼굴을 살필 수 있을 정도는 아니다.

여자가 잠시 망설이다가 잡화나 기념품 따위를 파는 잡화점 안으로 머뭇머뭇 들어가는 걸 보고 승희가 말했다.

"길우 동지, 창문 좀 열어보기요."

김길우가 무슨 말이냐는 듯 돌아보는데 이번에는 재영이 점포 안으로 들어간 여자에게 시선을 못 박은 채 재촉했다.

"그쪽 창문 열어봐요."

"아… 네."

재영은 여자에게서 이상한 점을 느끼지 못했지만 승희가 무슨 낌새를 느꼈을 것이라고 생각했다.

원래 차를 제대로 주차했으면 조수석 창을 열어야 하지만 차를 거꾸로 주차했기 때문에 운전석이 인도 쪽이 되었다.

녀사가 셤포 안에 들어가 주인에게 뭐라고 말을 하고 있는데, 점포에서는 쿵짝거리는 중국 가요가 흘러나오고 있어서 뭐라고 하는지 들리지 않았다.

"저 에미나이, 방금 전에 도강했는갑소."

그런데 승희가 점포 안을 주시하면서 불쑥 말했다.

"뭐라고 말하는 거이 앙이 들린다이."

"방금 그 에미나이가 주인한테 조선말로 전화하게 돈 좀 달라고 하고 있습다."

그런데 승희의 말을 듣자마자 김길우가 차에서 뛰어 나가더니 점포로 달려 들어갔다.

그러고는 곧 여자를 데리고 밖으로 나와서 아무것도 묻지 않고 주머니에서 되는 대로 동전 몇 개를 꺼내서 주고 근처에 있는 공중전화를 가리켰다.

"저기서 전화하면 되우다."

여자가 고맙다고 꾸벅 허리를 굽혔다가 펼 때 비로소 김길우와 재영, 승희는 그녀의 얼굴을 보았다.

세 사람은 여자가 공중전화를 향해 총총히 뛰어가는 모습을 보면서 잠시 넋을 잃었다.

탁!

김길우가 운전석에 타고 나서야 재영은 신음 소리 같은 감탄을 터뜨렸다.

"이런 제기랄. 혜주만큼 예쁜 여자가 또 있다는 게 믿어지지 않는군."

세 사람이 전방 5m 거리에 있는 공중전화 부스 안에 있는 여자를 빤히 주시하고 있을 때 김길우 품속의 휴대폰이 진동을 했다.

"웨이."

―저… 김길우 선생님임까?

뜻밖에 저쪽에서 더듬거리는 여자의 목소리가 흘러나왔는데 김길우를 찾고 있다.

"그렇슴다. 누구심까?"

―아… 저는 최정필 선생님 심부름으로 전화하는 검다.

"에엣?"

김길우는 화들짝 놀라서 벌떡 일어서려다가 차 천장에 머리를 박았다.

"터터우… 앙이, 최정필 선생님 지금 어디에 계심까?"

―최정필 선생님께선 지금 저기 두만강 건너 북조선 남양보위부에 갇혀 계심다.

김길우는 온몸의 털이 다 일어날 정도로 놀랐다.

"지금 전화하는 사람은 누굼까?"

―저는… 남양보위부 간호사관인데 최정필 선생님 부탁으로 두만강을 건너와서리 도문에서 전화하는 검다.

"아아……."

재영과 승희는 김길우에게 걸려온 전화가 심상치 않음을 느끼고 그를 뚫어지게 주시했다.

—최정필 선생님 말씀이… 김길우 선생님이 지금쯤 도문에 와계실 거이라고…….

"그렇슴다! 나는 지금 도문에 있슴다! 그쪽은 어디에 있슴까? 지금 만납시다!"

김길우는 거의 악을 쓰고 있었다.

—여기 도문인데… 앞에 점방이 죽 있고 중국말로 뭐라고 써서리 알아보지는 못하고… 고조 저는 커다란 유리 상자 안에서 전화를 하는 검다.

그 순간 김길우는 무언가 머릿속을 번쩍 스치는 것이 있어서 즉시 차에서 튀어 내려 저 앞에 보이는 공중전화 부스로 달려갔다.

공중전화 부스 안의 여자는 두 손으로 수화기를 붙잡고 초조하게 말했다.

"제가 선생님을 만나려면 어카면 됨까?"

"뒤돌아보면 됨다."

"앗!"

그때 뒤에서 갑자기 공중전화 부스의 문이 열리면서 말소리가 들리자 여자는 화들짝 놀라서 수화기를 떨어뜨렸다.

김길우는 휴대폰 폴더를 접으면서 크게 흥분한 얼굴로 여자에게 말했다.

"내가 김길우임다."

"아……."

여자는 두려움과 반가움이 뒤섞인 표정으로 김길우를 쳐다보면서 더듬거렸다.

"저… 저는… 최정필 선생님께서 갇혀 있는 장소를 알려 드리려고 왔슴다……."

"그렇슴까?"

김길우는 반색하며 여자의 손을 덥석 잡고 차로 이끌었다.

"차로 가기요!"

"아……."

김길우는 여자를 승용차 뒷자리에 밀어 넣듯이 태우고 자신은 운전석으로 타자마자 그녀에게 물었다.

"터터우께서는 남양보위부 어디에 계시오?"

승희에게 엎어졌던 여자는 몸을 일으키며 차 안을 두리번거리며 되물었다.

"터터우가 뭡까?"

"최정필 선생님 말이오."

"남양보위부 중대장 사택에 계심다. 중대장한테 매를 많이 맞아서리 상처가 심함다."

재영은 얘기가 어떻게 돌아가는지 재빨리 알아차리고 급히 물었다.

"약도 그려줄 수 있소?"

"그려 드리갔슴다."

여자가 정필이 처해 있는 상황과 남양보위부에 대해서 자세히 설명을 하고 나서야 김길우와 재영, 승희는 크게 안심이 되었다.

"고맙소. 기런데 이름이 뭐요?"

여자는 여전히 긴장된 얼굴로 대답했다.

"주희임다. 한주희."

재영이 마지막 한 가닥의 의심을 풀지 못하고 주희에게 대놓고 물었다.

"왜 우릴 돕는 거요?"

"정필 오라바이께서 우리 언니야를 살려줬슴다."

김길우가 물었다.

"언니가 뉘기요?"

"한서희임다."

세 사람 중에서 한서희를 아는 사람은 정필과 베트남, 라오스에 같이 갔었던 김길우뿐이다.

"서희 말이오?"

"언니야를 암까?"

"아다마다! 하하하! 거기가 서희 동생이라니, 기가 막힌 우연이구만!"

김길우는 껄껄 웃었다.

"내래 베트남 밀림에서 서희를 만나지 않았갔어?"

주희는 뒤돌아보면서 말하는 김길우의 손을 반가운 듯 덥석 붙잡았다.

"선생님도 베트남에 갔었습까? 야아… 고조 고맙슴다……!"

아직 시간이 많이 남았기 때문에 김길우는 정필이 어떻게 서희를 구했는지에 대해서 한바탕 무용담을 늘어놓았다.

"그때 서희는 낭떠러지에서 떨어져서 강가에 기절해 있었는데 그냥 지나쳤으면 서희는 그대로 죽는 거이야."

"으흐흑……! 정필 오라바이는 그렇게 자세한 말씀을 앙이 하셨는데…….."

"거긴 그냥 맨몸으로도 내려가기 어려운 100m가 넘는 낭떠러지였어야. 터터우께서 거길 내려가서 밤새 서희를 살리시고는 그 다음 날 아침에 갸를 업고서리 절벽을 올라오신 거이야. 굉장하지 않네?"

주희는 감동해서 눈물을 그치지 못했다.

"으흐흑……! 정필 오라바이 아니었음 언니야는 거기서 죽었을 검다."

"어디 그것뿐이가서? 터터우께서 내내 서희를 업고 나니시면서리 먹는 것부터 똥오줌까지 다 누이고 닦아주고서리, 야아! 말도 마라우."

"아이고… 우리 부모도 그렇게는 못 한다……!"

김길우는 하지 않아도 될 얘기까지 했다.

"나중에 서희가 터터우께 그런 말을 하지 않았겠니?"

"언니야가 뭐라고 했슴까?"

"터터우를 사랑한다고, 기니끼니 나중에 터터우 첩이 돼서라도 평생 죽을 때까지 모시겠다고 말이다."

"언니야 마음, 저도 안다……! 저도 언니야 마음하고 똑같기 때문임다!"

주희는 두 손으로 얼굴을 가리고 펑펑 울었다.

밤 9시 25분.

두 개의 검은 물체가 두만강 도문교 상류 철교 아래를 건너고 있는 것을 발견한 사람은 아무도 없었다.

승희는 아직 몸이 완전히 낫지 않았지만 조금도 티를 내지 않고 재영에 뒤질세라 민첩하게 움직였다.

철교를 건너면 철길이 남양읍 끝을 둥글게 휘돌아 마을을 감싸듯이 반원을 그리면서 이어져 있으며 그 끝에 남양역이 자리를 잡고 있다.

남양역 앞에는 중국 쪽을 향해 서 있는 남양보위부 건물이 뒷모습을 보이고 있다. 그러니까 철길을 따라가면 남양보위부 뒤쪽으로 접근할 수 있다.

남양보위부 건물은 담이 없다. 30분 후, 재영과 승희는 권보영의 사택으로 들어서고 있었다.

여기까지 오는 동안 발각되지 않았으며 인민군을 한 명도 죽이지 않았다.

그것은 주희가 남양보위부까지 들키지 않고 가는 방법과 사택의 위치를 정확하게 알려준 덕분이다.

단층짜리 사택의 문은 열려 있었고 두 개의 방과 하나의 거실, 주방과 개인용 집무실은 텅 비어 있었다.

"여긴 없다."

사택에서 나가려던 재영은 승희가 현관에서 정면으로 바라보이는 거무튀튀한 벽으로 똑바로 걸어가는 것을 보고 잠시 지켜보았다.

그녀가 벽을 어루만지다가 잡아당기니까 벽과 같은 색의 나무 문이 스르르 열렸다.

승희가 살펴보니까 문 안쪽에는 아래로 뻗은 컴컴한 계단이 있으며 아래쪽은 밝은데 여러 사람이 웅성거리는 소리가 들렸다.

소음 부스터를 상착한 글록1/을 오른손에 쥔 승희는 재영에게 고갯짓을 해보이고 컴컴한 문 안쪽으로 몸을 날렸다.

재영은 재빨리 달려가서 문 안으로 들어가 소리가 나지 않게 문을 닫고 아래로 향했다.

투충! 큐웅! 쿵!

"끅!"

"흐윽……."

재영이 계단 아래로 달려 내려가고 있을 때, 아래쪽에서 소음 권총이 발사되는 소리와 여러 명의 답답한 신음 소리가 한꺼번에 뒤섞여서 터져 나왔다.

cz—75를 손에 쥔 재영이 내려가 보니까 지하실 바닥에 두 명의 인민군 병사가 쓰러져 있고, 하나의 나무 테이블 양쪽에 앉은 두 명의 인민군은 테이블에 엎어져 있었다. 승희가 순식간에 인민군 4명을 해치운 것이다.

승희는 한쪽 구석으로 달려가면서 부르짖었다.

"오라바이!"

재영이 쳐다보니까 지하실 구석에 한 사람이 옆으로 새우처럼 쓰러져 있는데 온몸이 피투성이다.

벌거벗겨진 건장한 체구의 사내가 두 손에는 수갑이, 양 발목에는 족쇄가 채워진 상태에서 얼마나 두들겨 맞았는지 온몸이 시커멓고, 붉은 멍투성이에 핏물을 뒤집어쓴 것처럼 피범벅이었다.

"정필아!"

재영은 그 사람이 정필이라는 것을 한눈에 알아보고 가슴에서 불덩이가 치밀어 오르는 것 같은 분노와 격동을 동시에 맛보았다.

재영이 정필에게 달려가려는데 바닥에 쓰러져 있는 인민군 한 명이 신음 소리를 내면서 꿈틀거렸다.

"이 시팔새끼들."

투쿵! 투쿵!

재영은 꿈틀거리는 인민군 머리통에 두 발을 쏴주고 정필에게 다가갔다.

승희는 글록17을 내려놓고 바닥에 앉아서 정필의 상체를 품에 안고 피투성이 뺨을 쓰다듬으면서 굵은 눈물을 뚝뚝 흘리고 있었다.

"으흑흑… 오라바이… 이기 무슨 꼴임까……? 오라바이가 어째 이렇게 됐습까……."

재영은 그 옆에 무릎을 꿇고 앉아서 급히 정필의 목에 있는 맥을 짚어보았다.

맥이 힘차게 뛰고 있는 걸 확인하고서야 재영은 크게 안도의 표정을 지었다.

"야, 인마! 정필아! 형 왔다! 눈 좀 떠라!"

승희가 정필에게서 시선과 손을 떼지 않은 채 재영에게 시 켰다.

"물 좀 갯고 오기요."

재영이 찾아보았으나 테이블에 인민군들이 마시던 술병이 있을 뿐이라서 그거라도 갖고 와서 승희에게 주었다.

"술뿐이야."

승희는 정필의 입을 벌리고 술을 조금 흘려 넣었다.

"오라바이, 정신 좀 차립세."

"음……."

그때 정필의 입에서 신음 소리가 흘러나오자 승희와 재영은 동시에 외쳤다.

"오라바이!"

"정필아! 정신 드냐?"

정필은 찢어지고 부은 눈을 겨우 뜨고 껌뻑거리다가 빙그 레 엷은 미소를 지었다.

"승희야, 안주는 없니?"

"오라바이……!"

승희는 또다시 왈칵 눈물을 터뜨리며 정필의 뺨에 자신의 뺨을 비볐다.

제65장
악의 소굴

　재영과 승희는 정필을 사택 일 층의 침실로 옮겨서 물수건으로 몸에 묻은 피를 닦아주었다.

　그리고 필경 정필이 다쳤을 거라 여겨서 갖고 온 응급 약으로 급한 대로 상처에 약을 바르고 반창고를 붙였다.

　그러고 나서 여기저기 다 뒤져서 수갑과 족쇄 열쇠를 찾아내 그의 손과 발을 자유롭게 해주었다.

　"끙……."

　침대에 누워 있던 정필이 힘겹게 상체를 일으키자 재영과 승희는 깜짝 놀랐다.

"오라바이······!"

"정필아, 괜찮니?"

정필은 미간을 잔뜩 찌푸리고는 침대에서 천천히 내려와 바닥에 섰다.

재영과 승희가 아까 지하실에서 정필을 봤을 때는 살아 있는 것이 다행일 정도로 참담한 모습이었다.

더구나 정필은 권보영에게 회초리 같은 특이한 막대기로 수백 대를 맞아서 온몸에 찢어진 상처가 외투를 입고 있는 것처럼 빼곡했다.

거기에 4명의 건장한 인민군에게 주먹질에 발길질, 각목으로 정신없이 두들겨 맞았으니까 그야말로 만신창이가 된 상태다.

그래서 재영과 승희는 그런 정필을 업거나 해서 두만강 너머 도문으로 데려가야겠다고 생각하는 중이었다.

재영과 승희가 지켜보는 가운데 정필은 인상을 쓰면서 상체와 팔다리를 이리저리 천천히 움직여보았다.

"으음······."

몸을 조금만 움직여도 이루 말할 수 없을 정도의 고통이 파도처럼 엄습해서 악문 이빨 사이로 진득한 신음 소리가 흘러나왔다.

솔직히 말하면 지금 정필은 한 열흘 이상 병원에 입원해서 치료를 빛아아지빈 믿음이라도 옮길 수 있는 형편없는 몸 상태다.

"정필아."

정필이 무슨 생각으로 침대에서 내려와 일어섰는지 짐작하고 있는 재영은 안타까운 얼굴로 그를 불렀다.

정필은 두 사람에게 짐이 되기 싫은 것이다. 또한 그는 여기에서 탈출하는 것이 전부가 아니라 또 다른 계획이 있기 때문에 무조건 움직여야만 한다. 그리고 그는 자신이 움직이는 데 지장이 없기를 간절하게 빌었다.

"승희야, 나 어디 부러진 데 없지?"

정필은 자신을 치료한 승희에게 물었다.

승희는 착잡한 표정을 지었다.

"부러진 데는 없지만……."

"그럼 됐다."

정필은 본래의 용모를 알아볼 수 없을 정도로 짓이겨진 얼굴로 재영을 쳐다보았다.

"계획이 있습니다."

"정필아, 계획은 우리가 여기에서 무사히 탈출하는 것뿐이다. 그밖에 다른 계획은 없다."

"오늘 북송된 탈북자가 300명 있습니다."

"너……"

"그리고 여기 구류실에 갇혀 있는 탈북자들이 더 있을 겁니다. 나는 그들을 모조리 다 구해서 연길로 데리고 갈 생각입니다."

정필이 이렇게 움직일 수밖에 없는 이유는 북송된 탈북자들을 구해야 한다는 일념 때문이다.

그가 일어나지 못하고 도문교를 건너가면 재영과 승희로서는 탈북자들을 구해낼 수 없을 것이다.

정필의 초인적인 능력과 희생이 수백 명을 구할 수 있다면 당연히 그래야만 한다.

재영은 정필의 고집을 익히 잘 알고 있다. 더구나 지금은 그가 지휘자, 즉 오너다.

"걸어봐라."

재영이 방 저쪽을 턱으로 가리켰다. 저기까지 똑바로 걸어서 갔다가 오면 정필의 뜻에 따르되 그러지 못하면 절대로 용납하지 않겠다는 얘기다.

정필은 비틀거리지도 않고 방 끝까지 두 번이나 갔다가 돌아왔다.

그가 이를 악물고 있는 것을 재영이나 승희도 봤지만 거기에 대해서는 말하지 않았다.

재영은 고개를 절레절레 흔들었다.

"내가 너 같은 괴물을 키웠다니……."

성필은 문으로 걸어갔다.

"갑시다."

"그 꼴로 갈래?"

정필이 돌아서면서 자신의 몸을 내려다보았다. 그는 여전히 벌거벗은 몸이다.

온몸에 상처가 지독하게 많아서 옷을 입은 것 같지만, 그래도 사타구니는 가리지 못했다.

잠시 후에 정필은 인민군복 한 벌을 찾아서 입고 권보영의 사택을 나섰다.

정필은 오늘 북송된 탈북자 300여 명이 어디에 있는지 모른다. 그리고 예전에 북송된 탈북자들이 감금되어 있는 장소가 어딘지도 모른다.

그렇지만 남양보위부가 그리 크지 않고 건물도 많지 않기 때문에 셋이서 10분쯤 둘러보는 것만으로 목적한 건물을 찾아냈다.

"휴대폰 가져 왔습니까?"

남양보위부 주 건물 뒤쪽 어두컴컴한 벽 아래에 정필과 재영, 승희가 모여 있다.

재영이 말없이 품속에서 휴대폰을 꺼내서 내밀자 정필은 서동원에게 전화를 했다.

—아, 터터우, 무슨 일이심까?

정필이 북한으로 납치됐다는 사실은 그의 최측근밖에는 모르고 있다.

"버스가 10대 정도 필요합니다."

—어디로 보내면 됨까?

"도문입니다. 김길우 씨가 기다리고 있을 겁니다."

—알갔슴다. 2시간 내로 보내갔슴다.

흑천상사가 일취월장 나날이 발전하면서 영향력도 커지다 보니까 부장인 서동원은 연길에서 파워가 대단했다.

그의 전화 한 통이면 버스 10대 정도 부르는 건 아무것도 아니다.

정필은 전화를 끊고 이번에는 김길우와 통화했다.

"길우 씨."

—앗! 터터우심까? 건강하심까? 으허엉!

김길우는 정필의 목소리를 듣고는 다 큰 어른이 울음을 터뜨렸다.

"길우 씨, 내 말 잘 들어요."

—네에… 으흐흑……! 말씀하십시오…….

정필은 주회에게 300여 명의 북송자들이 남양보위부에 도착했다는 말을 듣는 순간부터 줄곧 궁리하고 있었던 계획을 얘기했다.

─일갰슴다. 그대로 하갰슴다.

설명을 듣고 난 김길우는 눈물이 그쳐 있었다.

"한 가지 더, 청강호 씨 어디에 있습니까?"

─지금 연길에 있슴다.

"내일 정오까지 회령정치범수용소로 오라고 하십시오."

─에엣?

"그대로 전하십시오. 알았습니까?"

─아… 알갰슴다. 그럼 터터우께선 오늘 밤에 도문으로 앙이 오심까?

"갈 수도 있고 가지 않을 수도 있습니다. 내가 가지 않을 경우에 길우 씨는 이따 북송자들이 넘어가면 그들을 데리고 연길로 돌아가세요. 그들을 안전하게 보호하는 것이 길우 씨가 할 일입니다."

─알갰슴다.

정필이 김길우와 통화하는 걸 들은 재영은 어이없는 표정을 지으며 물었다.

"너 회령정치범수용소에서 누굴 구하려는 거냐?"

"서의 고모와 고모부, 주의 부모님, 그리고 주의 남동생입니다."

정필의 고모와 고모부를 구한다는 말에 재영은 할 말이 없어졌다. 하지만 아무리 그래도 무모한 작전이라면 재영은 목에 칼이 들어와도 반대를 해야만 한다.

"작전이 뭐냐?"

"내일 낮에 청강호 씨가 회령정치범수용소의 책임자나 지도원, 고위 보안원에게 접근해서 돈으로 해결할 수 있는지 알아볼 겁니다."

재영은 현재 북한에서는 돈으로 안 되는 일이 거의 없다는 사실을 잘 알고 있기 때문에 정필의 계획은 충분히 가능성이 있다고 생각했다.

"돈으로 안 되면?"

"밤에 우리가 직접 침투할 겁니다."

재영은 움찔 놀랐다.

"정치범수용소에 말이냐? 너 제정신이냐?"

"팀장님."

"왜?"

"내일 일을 내일 생각하고, 지금은 여기 일에만 집중하는 게 어떻습니까?"

그건 예전에 재영이 입버릇처럼 했던 말이다.

정필 등은 남양보위부 뒤쪽에 뚝 떨어져서 일렬로 있는 두 개의 이 층 건물 앞에 멈추었다.

"어이! 거기 뭐이야?"

그때 저쪽에서 인민군 두 명이 이쪽으로 걸어오면서 그중 한 명이 소리쳤다.

투충! 큐웅!

"끅……."

"허윽!"

정필 등은 대답하지 않았다. 대신 재영과 승희의 소음 권총이 불을 뿜었고 걸어오던 두 명은 그 자리에서 거꾸러졌다.

정필과 재영이 재빨리 달려가서 두 명을 살펴보니까 한 명이 관자놀이에 총을 어설프게 맞아서 끙끙 신음을 흘리며 꿈틀거리고 있었다.

재영은 그 인민군을 쏜 것이 자신이라는 걸 알고 씁쓸한 얼굴로 정확하게 콧등에 한 발을 더 쏴서 즉사시켰다.

똑같은 조건에서 승희와 재영이 각각 인민군에게 발사했는데 이런 결과라면 재영의 실력이 승희에 비해서 떨어진다는 뜻이다.

정필과 재영은 각자 인민군 시체를 하나씩 붙잡고 건물 모퉁이 뒤쪽 으슥한 곳에 내다 버리고 돌아왔다.

긍…….

정필 등 세 사람이 건물의 철문을 밀고 들어가자 어두컴컴한 적막이 그들을 반겼다.

정면에는 사무실 같은 방 3개가 나란히 있고, 양쪽으로 쇠창살이 쳐진 감방이 길게 이어져 있었다.

세 사람이 서서 가만히 있으니까 양쪽 감방에서 나직한 신음 소리와 흐느끼는 울음소리가 뒤섞여서 마치 귀신 소리처럼 들려왔다.

저들은 필시 북송된 탈북자들일 것이다. 그들이 어째서 신음 소리를 내고 소리 죽여서 우는지는 설명하지 않아도 짐작할 수 있다.

저벅저벅…….

정필과 재영, 승희는 정면 3개의 사무실을 하나씩 맡아서 곧장 걸어가 벌컥 문을 열고 안으로 달려 들어갔다.

정필은 재영이 여벌로 갖고 온 이태리제 권총 베레타M9를 갖고 있다.

정필이 들어간 사무실에는 3명의 인민군이 바닥에 수북하게 쌓여 있는 물건들을 정리하고 있었다.

정필이 보기에 북송된 탈북자들의 물건들인 것 같았다. 인민군들은 그것들을 이리저리 분류하느라 정신이 없어서 정필이 들어온 것도 모르고 있었다.

"모두 구석으로 가라."

"허엇?"

"뉘기야?"

정필이 말을 하자 그제야 그를 쳐다보는 인민군들은 놀라면서 어리둥절한 표정을 지었다. 얼굴이 싯이겨신 톨플의 성필이 팔다리가 짧은 인민군복을 입고 있었기 때문이다.

"투충!"

정필은 인민군들이 그 자리에 멀뚱하게 앉아 있는 걸 보고 그들 옆의 바닥에 한 방 갈겼다.

"으왁!"

"와앗!"

정필은 총구로 구석을 가리켰다.

"총 맞고 죽을래 아니면 조용히 구석으로 갈 테냐?"

인민군들은 소스라치게 놀라서 엉금엉금 재빨리 기어서 구석으로 몰려갔다.

정필은 실내에서 줄 따위를 찾아내서 인민군들을 구석에 결박해 놓고서 밖으로 나왔다.

"음……."

무리를 해서 그런지 몸 여기저기 아프지 않은 곳이 없어서 신음 소리가 저절로 나왔다.

그때 옆방에서 재영이 나오면서 고개를 끄떡였다. 별일 없이 그쪽 사무실에 있는 인민군들을 제압했다는 뜻이다.

재영도 인민군들을 죽이지는 않았을 것이다. 어쩔 수 없는 상황이라면 모를까 충분히 제압할 수 있으면 그렇게 하는 것이 마땅하다.

정필과 재영은 약속이나 한 것처럼 승희가 들어간 가운데 사무실로 들어갔다.

승희가 성치 않은 몸이라는 걸 알기 때문에 그녀를 염려하고 또 도와주려는 것이다.

두 사람이 사무실 안으로 들어가니까 과연 승희는 한 손에 권총을 쥐고 다른 손으로 4명의 인민군을 묶으려고 비지땀을 흘리고 있었다.

정필이 들어간 사무실에는 인민군이 3명이었고, 재영은 달랑 2명뿐이었는데 하필이면 여자인 데다 아프기까지 한 승희에게는 4명이나 걸렸다.

그런데 정필과 재영이 막 문을 열고 들어갔을 때 바닥에 무릎이 꿇려 있던 인민군 4명 중에서 한 명이 승희가 다른 인민군을 결박하느라 한눈을 파는 사이에 벼락같이 일어나면서 그녀의 얼굴에 주먹을 날렸다.

도저히 피하지 못할 상황 같았는데 승희는 상체를 뒤로 자빠뜨리면서 주먹을 피하는 것과 동시에 발로 공격하는 인민군의 사타구니를 걷어찼다.

퍽!

그자를 걷어차는 데는 성공했지만 승희는 뒤로 쓰러지면서 등이 책상 모서리에 찍혔다.

"허윽……."

그녀는 인민군 한 명을 묶고 두 명째 묶는 중이었는데 그녀가 좋지 않은 상황에 처한 것을 발견하고 이번에는 묶이고 있던 인민군과 또 한 명의 인민군이 득달같이 그녀를 덮쳐갔다.

정필과 재영은 재빨리 권총을 겨누었으나 그보다 빨리 승희의 글록17이 불을 뿜었다.

큐쿵! 투쿵!

덤벼들던 2명은 각기 총알을 2발씩 맞고는 몸이 뒤로 벌렁 젖혀져서 바닥에 널브러졌다.

"이 간나새끼……."

바닥에 주저앉았다가 힘겹게 일어선 승희는 자신에게 사타구니를 걷어차인 인민군에게 권총을 겨누면서 얼굴을 찡그렸다.

"이 간나새끼래……."

"으으… 살려주시라요……."

재영이 급히 뛰어갔다.

"됐다. 내가 묶겠다."

승희는 고통 때문에 인상을 쓰며 뒤로 물러났다.

"고맙습다."

정필 등은 사무실 양쪽에 늘어선 감방들을 둘러보았다.

복도 쪽이 굵은 쇠창살로 가로막혀 있으며 감방은 양쪽 합쳐서 모두 18개다.

감방은 5평 정도 크기인데 놀랍게도 감방 하나에 탈북자 30여 명이 가득 들어차서 웅크린 자세로 누워 있었다.

30여 명이 제대로 앉아 있기도 힘든 좁은 공간에서 몸을 옆으로 눕히고 딱 붙어서 칼잠을 자고 있는 것이다.

감방 안에서는 퀴퀴한 악취와 지린내 등 대소변 냄새가 진동을 했다.

또한 감방 안은 어두웠으며 여기저기에서 신음 소리와 나직한 울음소리가 흘러나왔다.

고문을 당했거나 무섭고 슬퍼서 신음 소리를 내고 소리 죽여서 흐느껴 울고 있는 것이다.

정필 등은 복도를 천천히 걸으면서 감방 안을 들여다보고 있는데 그때 어디선가 찢어지는 듯한 비명 소리가 아련하게 들려왔다.

"아아… 악……."

정필 등은 동시에 걸음을 멈추고 복도 끝을 쳐다보았다. 비명 소리는 복도 끝에서 들려왔으며, 세 사람은 누가 먼저랄 것도 없이 그곳을 향해 달려갔다.

복도 끝에는 감방이 아닌 녹색의 철문이 굳게 닫혀 있으며 비명 소리는 그 안에서 계속 흘러나오고 있었다.

재영이 거칠 깃 없이 철문을 잡아낭겨 활싹 열고 안으로 성큼 들어가고 정필과 승희가 뒤따랐다.

"이런 씨팔새끼들!"

재영의 입에서 욕이 튀어나왔다.

정필 등은 그 안에 벌어져 있는 광경을 발견하고 한순간 자신들의 눈을 의심했다. 그럴 정도로 믿어지지 않는 일이 벌어지고 있었다.

실내는 철문과 마주 보는 벽 높은 곳에 작은 창문이 하나 있으며, 감방처럼 5평 정도 크기인데 놀랍게도 그곳에는 벌거벗은 여자 10여 명이 왼쪽 벽 아래 서 있었다.

여자들은 10대 소녀부터 40대 중년 여인까지 망라되었으며 그녀들은 하나 같이 벽을 마주 보고 서서 똑같은 자세, 즉 두 손으로 벽을 짚고 무릎을 굽힌 엉거주춤한 자세에서 다리를 넓게 벌리고 있었다.

즉, 엉덩이를 뒤로 쭉 빼서 자신들의 은밀한 부위를 최대한 노출시키는 자세다.

아니, 입구 쪽의 여자 3명은 바닥에 앉아 있으며 그녀들은 어떤 보충의 소사가 끝난 여자늘이다.

그렇지만 앉아 있는 3명의 여자는 하나같이 하체에서 피를 흘리고 있었다.

그 이유는 지금 웃통을 벗어부친 2명의 보위요원이 여자들에게 행하고 있는, 소위 조사라는 행위와 연관이 있다.

이 방에 보위요원은 모두 3명이며, 한 명은 손에 몽둥이를 들고 서 있고, 2명은 벽 앞에 서 있는 여자들 뒤에 웅크리고 앉아서 엄지손가락 굵기의 긴 막대기 같은 것으로 여자들의 성기를 찌르고 있었다.

아니, 한 명은 여자의 성기를 찌르고 저쪽 끝의 다른 한 명은 항문을 찔러대고 있는 중이다. 그래서 여자들의 하체에서는 피가 흐르고 있었다.

그 광경을 보는 순간 정필은 보위요원들이 북송된 탈북자, 아니, 탈북녀들 몸속에 감춰둔 돈을 찾아내고 있는 것이라고 판단했다.

그는 그런 얘기를 북송됐던 적이 있는 여러 탈북녀들에게서 들은 적이 있었다.

정필 등이 불쑥 안으로 들이닥쳤는 데도 2명의 보위요원은 쳐다보지도 않고 하던 일을 계속했으며, 몽둥이를 들고 서 있는 한 명이 놀라지도 않으며 심상한 얼굴로 이쪽을 쳐다보았다.

설마 이곳 보위부 깊숙한 곳까지 위험한 자들이 들이닥칠 것이라고는 전혀 예상하지 않았던 모양이다.

"하던 일 멈추고 물러서라."

정필이 권총을 앞세우고 걸어 들어가면서 분노를 억누르며 조용히 밀하사 그세야 보위요원 3냉이 통시에 이쪽을 쳐나보았다.

여자들의 성기와 항문을 찌르던 2명의 보위요원이 '어?' 하는 표정으로 쳐다보는데 재영이 달려가서 가차 없이 발길질로 걷어찼다.

"이 개새끼들아! 물러나라는 말 안 들려?"

픽! 픽!

"팀장님, 물러나기요."

그때 승희가 다가오며 차갑게 말했다.

"이 새끼들은 인간이 아니라 마귀임다. 마귀들은 죽여야 함다. 비키시라요."

승희가 머리 꼭대기까지 화가 치민 표정으로 권총을 들이밀면서 다가오자 재영은 멈칫했다가 급히 뒷걸음질 쳐서 물러났다.

투쿵! 츙! 큐웅!

"끅!"

"커윽!"

보위요원들이 날묵녀늘의 은밀한 곳을 막대기로 마구 쑤셔대는 광경을 본 승희는 순간적으로 이성을 잃었다.

그녀가 천천히 걸어가면서 글룩17 방아쇠를 연달아 당기자 여자들의 은밀한 곳을 조사하던 2명은 물론이고, 서 있던 보위요원까지 비명을 지르며 나뒹굴었다.

승희는 딱 3발만 쐈으며 그녀를 쳐다보고 있던 3명의 보위요원들의 미간이나 옆머리에 정확하게 적중하여 그 자리에서 즉사했다.

정확하게 12명의 여자들은 너무도 갑작스럽게 벌어진 광경에 비명도 지르지 못한 채 공포에 질려서 부들부들 떨기만 했다.

정필은 여자들의 성기와 항문까지 쑤시면서 조사하는 광경을 실제 눈으로 직접 보고는 적잖이 충격을 받았다가 곧 정신을 차렸다.

"모두 옷을 입고 여기에서 나갑시다."

그러나 여자들은 한곳에 모여서 공포에 질려 떨기만 할 뿐 옷을 입을 엄두조차 내지 못했다.

승희가 정필을 가리키면서 여자들에게 물었다.

"이분이 누군지 암까?"

알 리가 없다. 여자들은 숨도 크게 쉬지 못하고 정필을 바라보기만 했다.

"이분이 바로 탈북자들의 영웅인 검은 천사임다. 보위부에 납치당해서리 여기 끌려와서 고문받다가 탈출했슴다. 기런데 그냥 연길로 가지 않고 여러분들을 구하러 왔다는 말임다. 알아듣슴까?"

여자들은 찜찜했다. 하시만 그녀들 내부분 섬은 전사에 대해서 웬만큼 알고 있거나 소문을 들었기 때문에 반신반의하는 얼굴로 정필을 바라보았다.

"목사님 아심까?"

그때 여자들 중에 40대 중반의 중년 여인이 몸을 가릴 생각도 하지 못한 채 정필에게 물었다.

"베드로의 집의 장중환 목사님 말입니까?"

"기… 기렇습다."

정필은 얻어터져서 짓이겨진 얼굴에 빙그레 부드러운 미소를 머금었다.

"목사님은 나를 미카엘이라고 부릅니다."

"아… 미카엘 님이 맞구만요… 할렐루야……!"

중년 여인은 눈물을 글썽이며 두 손을 모았다.

정필이 물었다.

"장중환 목사님을 어떻게 압니까?"

"저는 말임다. 원래는 베드로의 집에서 한 달 동안 생활하고 있지 않았겠습둥? 기런데 딸 찾으러 장춘의 공장에 갔다가 딸하고 같이 베드로의 집으로 놀아오는 도중에 공안한테 붙잡혀서리……."

"그랬군요."

정필은 남양보위부에 감금되어 있는 북송 탈북자들이 안전하게 도문교를 건너 중국으로 가게 하기 위해서 남양보위부 내의 모든 보위요원을 제압하기로 마음먹었다.

정필 일행은 불과 3명뿐이고 또 정필과 승희는 성치 않은 몸이지만 각 건물에서 휴식을 취하고 있는 보위요원들을 제압하는 일은 별로 어렵지 않았다.

더구나 정필 일행은 모두 특수 훈련을 받았지만 보위요원들은 주로 첩보, 정보 업무에 대해서만 교육을 받았기 때문에 정필 일행의 상대가 되지 못했다.

북송된 탈북자들이 감금되어 있던 감방 세 칸을 비우고 제압한 보위요원들을 차례로 끌고 와서 그곳에 가두었다.

최종적으로 제압하여 감금한 보위요원은 총 17명, 사살한 인원 9명을 합하면 26명이다.

한 가지 이상한 일은 남양보위부 중대장인 권보영이 어디에도 보이지 않는다는 사실이다.

그러나 다행히도 제압한 보위요원 중에는 권보영의 부관인 장간치 소위가 있었다.

정필이 그에게 물으니까 권보영은 보위요원 10명을 데리고 중국으로 밀입국했다는 것이다.

장간치는 권보영이 단동에 북한 여자아이 120명을 구하러 갔다고 순순히 털어놓았다.

상산지는 그 정보가 성밀의 입에서 나왔냐는 사실을 알고 있기 때문에 굳이 숨기려고 하지 않았다.

정필은 설마 권보영이 여자아이들을 구하러 단동에 갈 거라고는 손톱만큼도 예상하지 않았었다.

정필이 알고 있는 권보영은 탈북자들에게 지나칠 정도로 엄격하고 자비심도 없었다.

단지 흑사파에 의해 단동항에서 팔려 나갈 예정인 북한의 어린 여자아이들에 대해서는 관심을 보였었다.

어쨌든 이곳에 권보영이 없다는 것은 잘된 일이다. 정필로서는 그녀에게 복수하는 것보다 북송된 탈북자들을 구하는 일이 더 중요하기 때문이다.

여태까지 한 번도 일어난 적이 없었으며, 이후로도 일어나지 않을 굉장한 사건이 지금 도문교에서 일어나고 있다.

많은 사람이 남양보위부 내의 뒤쪽 건물에서 나와 보위부를 가로질러 도문교를 향해서 줄지어 걸어갔다.

행렬의 선두에서 정필이 혼자서 무리를 이끌고 있다. 재영과 승희는 좌우에서 행렬의 앞뒤로 오락가락하면서 주위를 경계하고 있다.

원래 도문교 양쪽에는 상시 중국 군인과 북한 인민군이 지키고 있지만 지금은 그들의 모습을 눈을 씻고 둘러봐도 찾을 수가 없다.

도문교 북한 쪽에서는 정필 일행이 깨끗하게 청소를 했으며, 중국 쪽에서는 김길우가 길림성 당서기 특수 보좌관 비서의 신분으로 중국 군인들을 철수시켰기 때문이다.

그 일은 이미 정필이 위엔씬에게 전화를 해서 허락을 받았기 때문에 문제가 없다.

도문교를 건너거나 도문교를 향해서 줄지어 걸어가는 북송 탈북자들은 모두가 지금의 상황을 믿지 못하는 듯 꿈을 꾸는 표정들이다.

그들 중에서 감격에 겨워하지 않는 사람이 없고, 울지 않는 사람이 없었다.

조금 전까지 지옥에 온몸을 담그고 있다가 빠져나왔으니 어찌 감격스럽지 않겠는가.

도문교 건너편 중국 땅에는 김길우와 주희가 나란히 서서 기다리고 있다가 저만치에서 걸어오고 있는 정필을 발견하고는 기쁨의 눈물을 터뜨렸다.

"터터우!"

"정필 오라바이!"

제일 먼저 도문교를 건넌 정필은 달려드는 김길우와 주희를 양팔로 끌어안았다.

"길우 씨, 애썼습니다."

김길우를 치워버리고 정필은 주희의 머리를 쓰다듬었다.

"주희야, 네 덕분이다."

그는 줄지어서 끝없이 도문교를 건너오는 북송 탈북자들을 가리켰다.

"저들을 주희, 네가 구했다."

"아임다… 어흐흑… 오라바이가 구한 검다…….'

주희는 정필의 품에 안겨서 펑펑 울었다.

정필은 김길우를 떼어냈다.

"길우 씨, 저 사람들을 인솔하세요."

정필은 북송 탈북자들의 선두로 다가가서 김길우를 가리키며 외쳤다.

"모두 이 사람을 따라 가십시오! 저쪽에 버스가 대기하고 있으니까 그걸 타면 됩니다!"

탈북자들은 흐느껴 울면서 정필의 손을 잡고 감사의 인사를 전했다.

"검은 천사 최정필 선생님이야말로 태양 같은 존재요! 고맙소! 부디 건강하시오!"

"뭐라고 말을 해야 할지 모를 성노로 고맙습다……! 앞으로 죽을 때까지 검은 천사님께 감사하며 살갔습다!"

"선생님은 사람이 아닌 모양임다……! 사람이믄 어케 이리도 훌륭한 일을 하신다는 말씀임까?"

도문교를 건너는 모든 탈북자가 눈물을 흘리면서 정필의 손을 잡고 허리를 굽히고 고개를 숙이며 한마디씩 칭송을 아끼지 않았다.

　김길우는 탈북자들을 인솔하여 버스로 향했지만, 주희는 도문교 끝에 서서 정필을 바라보고 있어서 그는 그녀에게 다가갔다.

　"주희야, 길우 씨하고 연길에 있는 내 집에 가서 기다리고 있어라."

　주희는 눈물을 그치지 않았다.

　"오라바이는 언제 오심까?"

　"내일 갈 거다."

　주희는 화들짝 놀랐다.

　"그거이 무시기 말씀임까? 저는 오라바이 앙이 오신다면 여기에서 한 발자국도 움직이지 않갔슴다."

　정필은 주희의 머리를 쓰다듬었다.

　"내 말 들어라 주희야."

　"모름다… 듣기 싫슴다……."

　"나는 이제부터 너희 부모님을 구하러 회령정치범수용소에 갈 거다."

　"……."

　그 말에 주희는 울음을 그치고 눈을 동그랗게 떴다.

"그기이 가능힘까?"

"가능한지 아닌지 해봐야지."

주희는 고개를 세차게 가로저었다.

"아임다! 정치범수용소에서 사람을 구하는 거이 절대로 불가능한 일임다! 그만두기요! 그러다가 오라바이 죽슴다!"

정필은 일그러진 얼굴에 미소를 지었다.

"걱정하지 마라. 나는 회령정치범수용소 책임자에게 큰돈을 뇌물로 쓸 생각이다. 북조선에서는 뇌물이면 다 통하는 거아니냐?"

'큰돈'이며 '뇌물'이라는 말에 주희는 조금 안도하는 표정을 지었다.

"한두 푼 갯고는 앙이 될 텐데······."

"100만 위안이면 될 거다."

"100만 위안······."

주희는 너무 놀라서 입을 딱 벌렸다.

"길케 큰돈이면 여기 온성군 전체 인민들이 몇 달 동안 배불리 먹고살 거임다."

주희 말이 맞다. 100만 위안이면 미화 15만 달러, 한화로는 약 1억 3천만 원이다.

그 정도 액수면 북한 주민의 주식인 옥수수와 감자를 수백 톤 사들일 수 있으며, 온성군 인구가 6만여 명이니까 족히 일

년 이상 배불리 먹일 수 있을 것이다.

그런 거액을 주희 부모와 남동생을 구하기 위해서 쓸 거라는 말에 그녀는 할 말을 잃었다.

언니 서희하고는 연년생인 19살의 주희는 원래도 정필을 더없이 존경하고 흠모했었지만 지금은 더욱 정필이 인간으로 여겨지지 않고 절대자나 신처럼 여겨졌다.

"오라바이……."

"그래."

"저는 말입다, 서희 언니야하고 둘이서 죽을 때까지 정필 오라바이를 하늘처럼 모시고 살 거임다."

정필은 영감처럼 껄껄 웃었다.

"하하하! 그만둬라."

"오라바이, 고개 숙여보기요."

"이렇게?"

정필이 뭣도 모르고 허리를 굽히고 키를 낮추자 주희가 갑자기 두 손으로 그의 양 뺨을 잡더니 입을 맞추었다.

"……"

정필이 깜짝 놀라서 허리를 펴자 주희는 두 팔로는 그의 목을, 그리고 두 다리로는 허리를 감고 매달리면서 계속 입맞춤을 했다.

"이 녀석아……."

주희가 두 팔로 목을 끼고 있는 바람에 입술을 떼지 못한 상태에서 정필이 말을 하니까 두 사람이 입술을 비비게 되고 말이 불명확했다.

주희는 눈물을 펑펑 흘리면서 그의 입술에 자신의 입술을 마구 비벼댔다.

"사랑해요… 오라바이… 죽도록 사랑합다……."

도문교를 다 건너와서 지나가고 있는 탈북자들이 그 광경을 보면서 '와아!' 하고 함성을 지르며 요란하게 박수를 쳤다.

재영이 그 광경을 보면서 툴툴거렸다.

"정필이 저 자식은 여자 꼬시는 재주가 정말 탁월하군."

그러나 승희는 왠지 애잔한 눈빛으로 그 광경을 바라보았다.

"터터우, 구태여 위험한 북한 땅에서 밤을 보낼 필요가 있 갔슴까?"

북송 탈북자들을 모두 버스에 태운 후 출발하기 전에 김길 우가 정필에게 말했다.

"내일 아짐에 일찍 정 선생이 회령으로 늘어가서리 정치범 수용소에 이리저리 타진을 해보고, 그거이 양이 되면 내일 밤 에 터터우께서 두만강을 건너 회령으로 가시면 앙이 되갔슴 까?"

정필은 장간치를 앞세워서 남양에서 회령까지 육로로 갈 생각이었는데 김길우의 말을 듣고 보니까 구태여 그럴 필요가 없을 것 같았다.

재영이 턱으로 김길우를 가리키며 정필에게 말했다.

"정필아, 길우 씨 되게 똑똑한 거 같지 않냐?"

정필은 고개를 끄떡였다.

"그런 것 같습니다."

김길우는 정필이 같이 연길로 돌아갈 것 같으니까 얼굴 가득 웃음을 떠올렸다.

"그것도 그렇고 말입다. 저 혼자서 500명이나 되는 탈북자들을 어캅니까?"

버스 10대에 나누어 탄 탈북자의 수는 정확히 513명이었다. 오늘 북송된 탈북자 308여 명에 원래 남양보위부에 감금되어 있던 북송 탈북자가 205여명이었다.

흑천상사의 엔젤하우스와 베드로의 집에 꽉꽉 채우고, 그래서도 모자라면 새로 개원한 평화의원 입원실을 사용하면 513명을 수용하는 것은 어떻게든 해결이 될 터이다.

그리고 지금껏 정필 곁에서 최측근이며 참모로서 역할을 톡톡히 해온 김길우라면 그 정도는 요리할 수 있는 능력이 충분히 있다.

그런데도 김길우가 정필에게 떼를 쓰는 이유는 순전히 그를 걱정하기 때문이다.

재영이 압박했다.

"빨리 결정해라. 시간 간다."

그러는 재영이나 승희도 정필이 일단 집으로 가기를 바라는 마음이 얼굴에 역력하게 드러나 있다.

결국 정필은 고집을 꺾었다.

"알겠습니다. 일단 집으로 갑시다."

정필 일행이 버스 10대를 이끌고 연길에 도착한 시간이 새벽 2시 20분이다.

정필의 진두지휘 아래 북송됐던 탈북자 513명을 엔젤하우스와 베드로의 집, 평화의원에 분산 수용하고 나서 집인 미카엘의 성으로 돌아오니 4시가 넘었다.

정필이 주희를 데리고 재영, 승희와 함께 들어서니 거실 소파에 나란히 앉아 있던 향숙과 영실, 혜주가 울음을 터뜨리면서 달려왔다.

"으흐흑… 정필 씨……!"

"으아앙! 아빠!"

세 여자는 정필에게 안겨서 아무 말도 하지 않고 그저 흐느껴 울기만 했다.

영실과 향숙은 정필과 깊은 관계를 맺고 있지만 드러내 놓을 처지가 못 되기 때문에 하고 싶은 말을 삼키면서 그가 살아서 돌아온 기쁨을 눈물로서 대신하고 있었다.

정필은 애끓는 울음소리에 가슴이 뭉클해서 묵묵히 그녀들의 등을 쓰다듬었다.

새벽에 평화의원 강명도와 딸 경미가 호출을 받고 미카엘의 성으로 달려왔다.

"아니, 어쩌다 이 지경이 된 건가?"

강명도는 정필의 온몸에 난 지독한 상처들을 보고는 기절초풍했다.

강명도의 물음에 정필은 대답이 없다. 치료를 받다가 너무 피곤해서 곯아떨어졌기 때문이다.

그때 강명도는 딸 경미가 고개를 숙인 채 정필의 몸 한 군데만 열심히 약을 바르고 있는 것을 발견했다.

"얼마나 다쳤기에 그러니?"

그러나 강명도는 곧 눈살을 찌푸렸다.

"경미야, 거기도 다쳤니?"

"네?"

경미는 약 바르던 손을 멈추고 아버지를 바라보았다.

"거긴 다친 거 같지 않은데 어째 약을 바르니?"

경미는 자신의 손이 멈춰 있는 부위를 내려다보고는 놀라서 자빠졌다.

"옴마야!"

그녀는 한동안 정필의 중요한 부위에 약을 더덕더덕 바르고 있었던 것이다.

강명도는 얼굴이 빨개져서 어쩔 줄 모르는 경미를 보면서 쓸쓸하게 물었다.

"경미야, 너래 정필 군 좋아하니?"

"……."

경미는 고개를 푹 숙인 채 아무 말도 하지 못했다.

강명도의 표정이 더 쓸쓸해졌다.

"정필군은 비길 데 없이 훌륭한 사람이다. 오르지 못할 낭구는 쳐다보지도 말아라이. 알았니?"

경미는 입술을 도톰하게 내밀고는 대답하지 않았다.

내일 아침 일찍 회령으로 가려던 청강호는 정필의 호출을 받고 밤늦은 시간에 미카엘의 성으로 왔다.

"바쁘시죠?"

청강호는 전보다 매우 야위었다. 그는 면도를 하지 않아서 까칠한 수염을 매만지며 사람 좋게 웃었다.

"허헛! 좋은 일 하는 거인데 바쁘면 좋지 앙이하오?"

"청 선생님께는 늘 감사하고 있습니다."

청강호는 손을 내저었다.

"그런 말 하지 마시오. 내가 정필 씨 덕분에 돈을 얼마나 많이 벌었는지 아오?"

그는 진지한 표정을 지었다.

"현재 함경북도의 사금이라는 사금은 내가 다 맡아서 하고 있소. 그거이 순이익만 한 달에 자그마치 1,500만 달러를 벌어들이고 있지 않겠소?"

"호오… 그렇게 많습니까?"

"고거이 많은 게 아니오. 하루가 다르게 날마다 점점 더 액수가 커지고 있소. 내래 사금을 수집하는 데 연길 조선족을 열 명이나 쓰고 있다는 말이오."

한 달에 1,500만 달러면 1억 위안이 조금 넘고, 한화로는 무려 130억 원이 훌쩍 넘는 어마어마한 액수다. 말하자면 청강호는 하나의 기업을 운영하고 있는 것이나 다를 바가 없다.

정필은 설마 사금만으로 그렇게 많이 벌어들일 줄은 예상하지 못했다.

"길우 씨한테 보고 잘 받고 있지요? 내 보름에 한 번씩 정산해서 길우 씨에게 돈 보내고 있소."

"아, 네."

사실 정필은 김길우의 보고를 들은 게 까마득한 일이다. 너무 바빠서 보고를 들으면서 앉아 있을 시간이 없다.

"그래서 말인데."

청강호는 더 진지한 표정을 지었다.

"나는 발써 2억 위안 가까이 벌었으니까 이자 더 이상 돈이 필요하지 앙이하오. 기니끼니 이자부터는 버는 돈을 모두 정필 씨에게 주갔소."

정필은 펄쩍 뛰었다.

"아닙니다. 여태까지처럼 5 대 5로 나누십시오."

청강호는 팔짱을 꼈다.

"나는 이미 평생 떵떵거리면서 먹고살 만큼 돈도 벌어놨고, 북조선에 있는 가족들하고 사돈의 팔촌까지 모조리 중국에 데리고 나와서리 저들 먹고살라고 죄다 가게까지 차려주지 않았겠소?"

"그렇습니까?"

정필은 처음 듣는 말이다.

"나하고 조금이라도 관계가 있는 사람들은 다 데리고 나와서리 뇌물을 써서 정식으로 중국 공민증을 발급받았으니까니 더 이상 원도, 한도 없소."

정필은 청강호의 눈을 잡았다.

"정말 잘하셨습니다."

"모두 정필 씨 덕분이오. 내가 정필 씨를 만나지 앙이했더라면 지금도 고물 트럭 끌고 다니면서리 보따리장수나 하고 있을 거이 아니갔소?"

청강호는 정필의 손을 놓으며 걱정스럽게 물었다.

"그런데 정필 씨, 누워 있어야 하는 거이 아니오? 이자 보니까니 많이 다쳤구만."

"괜찮습니다."

"그러면 무슨 일로 나를 불렀는지 말하기요."

그는 이제부터 버는 돈의 전부를 정필에게 주겠다는 말의 대답을 듣지도 않고 얼렁뚱땅 넘어갔다.

"돈은 얼마를 써도 좋으니까 기필코 그분들을 구해내야만 합니다."

"정필 씨의 고모하고 고모부를 구하는 일이니까니 나도 그럴 생각이오."

청강호는 두 손을 비볐다.

"회령정치범수용소 책임지도원한테 한 100만 달러 던져주면 물불 가리지 않고 덤비지 않갔소?"

"그러길 바랍니다."

"더 할 얘기 없으면 가보갔소. 회령에 들어가려면 서둘러야 하오."

청강호가 일어서자 정필도 따라 일어섰다.

정필과 청강호가 방에서 나오자 거실에서 기다리고 있던 재영과 향숙, 영실, 혜주, 승희, 주희 등이 우르르 일어섰다.

칭칭오는 모두의 배웅을 받으면서 마당으로 나가며 유쾌히
게 웃었다.

"하하하! 내가 다 처리할 테니까니 고조 정필 씨는 푹 쉬고
있도록 하시오!"

그러나 정필은 집에서 편히 쉬지 않았다. 한가하게 쉬고 있
을 수가 없었다.

그는 청강호가 떠나자마자 곧장 연길중의병원으로 향했다.

연길중의병원에는 다혜가 있고 또 옥단카가 거기에서 수술
을 받고 있기 때문이다.

정필은 병원으로 가는 차 안에서 위엔씬에게 전화를 걸었
다.

위엔씬은 신호가 두 번 울리기도 전에 전화를 받았다. 정필
의 전화를 기다리고 있었던 게 분명하다.

"따거."

―링디, 자넨가?

"그렇습니다, 따거. 연길에 왔습니다."

―아아… 다친 곳은 없나?

아까 정필이 전화했을 때에는 북한 남양보위부였기 때문에
위엔씬은 줄곧 걱정을 하고 있었던 것 같았다.

"다친 곳 없습니다. 건강합니다."

─정말인가?

납치돼서 북한 보위부까지 갔다 온 정필이 건강하다고 말하는 것을 믿을 사람은 없을 것이다.

"그보다 따거께서 하시는 일은 어떻게 됐습니까?"

정필의 물음에 위엔씬의 목소리가 작아졌다. 하지만 은근히 힘이 들어갔다.

─올해 전인대(전국인민대표대회)에서 상무위원으로 선출될 것 같네.

"잘됐군요."

─고맙네.

중국 상무위원은 공산당 총서기를 비롯하여 9명뿐이다. 그러므로 상무위원이 된다는 것은 일단 서열 9위 이내는 무조건 보장한다고 봐야 한다.

위엔씬은 나직하게 헛기침을 하고 나서 더 작은 목소리로 느릿하게 말을 이었다.

─잘하면 부주석이 될 것 같네.

"아……."

정필은 낮은 탄성을 토해냈다. 중국 국가 부주석이면 최소한 서열 6위다.

만약 거기에 직함 하나를 더 얹으면 서열 5위, 공산당 총서기의 신임을 등에 업고 국무원 총리쯤 되면 서열 4위까지 오르는 것도 가능한 일이다.

"따거, 미리 축하드립니다."

—아직 결정된 건 아니야.

정필은 막무가내로 말했다.

"축하드리는 의미로 1억 위안 보내드리겠습니다."

—링디, 자네……

위엔씬이 상무위원이 되고 또 부주석의 지위에 오르게 되었다면 얼마나 많은 뇌물을 뿌렸을지 정필은 미루어 짐작할 수 있다.

그래서 축하를 핑계로 든든하게 군자금을 더 대주려는 것이다. 이왕 보내줄 돈이라면 그런 것은 위엔씬이 말하기 전에 미리 선수를 치는 게 좋다.

정필은 이미 위엔씬이 만들어준 길림성 당서기 특수 보좌관 지위와 김길우, 다혜의 비서 지위 덕분에 셀 수도 없을 만큼 많은 덕을 보았다.

덕을 봤다는 걸 멀리에서 찾을 필요도 없다. 바로 오늘 남양보위부에 감금되어 있던 북송 탈북자 513명을 연길로 데려올 수 있었던 것은 순전히 위엔씬 덕분이다. 그것은 끝내 돈으로 환산할 수 없는 일이다. 513명의 목숨을 어찌 돈으로 계산할 수 있겠는가.

정필과 재영, 승희가 남양보위부를 아무리 철저하게 장악했다고 해도 위엔씬이 아니었으면 513명이 아니라 100명도 연길에 데려가지 못했을 것이다.

그것 하나만으로도 충분히 1억 위안 값어치를 하고도 남음이 있다.

위엔씬의 전화 한 통화에 연길 시내에서는 공안과 경찰을 단 한 명도 발견할 수가 없었던 것이다.

위엔씬은 잠시 동안 침묵을 지키고 있다가 가라앉은 목소리로 말했다.

"하루 빨리 링디의 소원을 들어줄 수 있는 날이 오기를 바라겠네."

＊　　　＊　　　＊

수술이 끝난 옥단카는 특실 다혜 옆에 침대를 놓고 나란히 누워 있었다.

영실이 그렇게 해달라고 병원에 부탁했기 때문이다.

병실에 들어선 정필은 여기까지 운전을 해준 재영을 돌아보면서 부탁했다.

"팀장님은 돌아가셔서 준비해 놓고 쉬십시오."

청강호에게서 잘됐다는 연락이 오면 다행이지만 그게 여의치 않으면 정필과 재영, 승희, 세 명이 즉시 회령으로 침투해야

민 한다.

그러고 나서 다시 단동으로 비행기로 날아가서 120명의 북한 여자아이들을 구하는 일이 남았다.

권보영이 보위요원 10명을 데리고 단동으로 향했다지만 그녀를 믿을 수는 없다.

더구나 만에 하나 그녀가 여자아이들을 무사히 구한다고 해도 모두 북한으로 데려갈 것이기 때문에 그녀에게 맡겨둘 수가 없는 상황이다.

"여기에서 잘 거냐?"

"그러겠습니다."

정필은 다혜와 옥단카가 여기에 있기 때문에 이곳에서 자는 게 마음이 편할 것 같았다.

재영은 정필과 같이 온 향숙을 쳐다보았다.

"정필이 몸이 성치 않으니까 향숙 씨가 잘 보살펴 주십시오."

"알갔습다."

재영이 나가고 나서 정필과 향숙은 옥단카에게 갔다.

옥단카는 여러 상치들을 코와 입, 머리에 붙인 채 아직 마취에서 깨어나지 못하고 있다.

의사 말로는 옥단카의 수술 경과가 좋아서 생명에는 지장이 없을 것이라고 했다.

정말 다행이다. 만약 옥단카가 죽었다면 정필은 돌이키기 어려운 큰 절망과 슬픔에 빠졌을 테고, 평생 옥단카에게 속죄를 하면서 살아가야 했을 것이다.

정필은 옥단카는 물론이고 다혜도 한참 들여다보았다. 다혜는 여전히 혼수상태에서 깨어나지 못하고 있다.

그렇지만 정필은 다혜가 저대로 영영 깨어나지 못할 것이라는 생각은 눈곱만큼도 하지 않는다.

시일이 좀 걸리겠지만 언젠가는 반드시 깨어나서 정필에게 짓궂은 농담도 마구 던지고 송곳 같은 충고도 거침없이 해댈 것이라고 믿었다.

정필과 향숙은 옥단카 옆에 병실 침대 하나를 갖다놓고 둘이 나란히 누웠다.

정필이 온몸에 상처가 났기 때문에 향숙은 그에게 안기지 않고 약간 떨어져서 그를 바라보며 옆으로 누웠다.

"많이 아픔까?"

"괜찮습니다."

"또 그럼까?"

습관이 돼서 정필이 존대를 하자 향숙이 곱게 눈을 흘겼다.

"미안해."

"저 아까 집에서 잠깐 당신 몸 봤었는데 참말로 많이 다쳤

더군요."

향숙은 배우기 시작한 서울말과 함경도 사투리를 섞어서
사용했다.

"정필 씨."

향숙이 수줍은 듯 조용히 불렀다.

"응?"

"설마 거기 다치지 않았겠죠?"

향숙이 말하는 '거기'가 어디라는 걸 알고 정필이 묘하게 미
소 지었다.

"다쳤는지 향숙이가 확인해 봐."

향숙이 이불 속에서 부스럭거렸다. 잠시 후에 그녀는 정필
어깨에 살포시 고개를 기대며 미소 지었다.

"건강함다."

정필의 코 고는 소리에 옥단카가 깼다.

"준샹……."

옥단카가 모기 소리보다 더 조그맣게 불렀는데 정필의 코
고는 소리가 뚝 끊어졌다.

정필은 벌떡 일어나 옥단카에게 달려갔다.

"옥단카, 깨어났니?"

"준샹……."

정필이 머리를 쓰다듬자 옥단카는 눈물을 흘렸다.

"돌아왔어요……. 기뻐요… 준샹……."

그 당시에 총을 맞고 꺼져가는 정신을 겨우 붙잡고 있던 옥단카는 정필이 인민군들에게 매를 맞고 두만강 너머로 끌려가는 광경을 어렴풋이 봤었다.

정필은 옥단카의 해쓱한 뺨을 부드럽게 쓰다듬었다.

"옥단카, 나도 네가 돌아와서 기쁘다."

옥단카가 눈물을 흘리면서 서툰 한국어로 더듬거렸다.

"옥단카는 준샹 사랑해요."

정필은 옥단카를 포근하게 안았다.

"그래. 나도 옥단카를 사랑해."

오후 4시가 넘어가고 있는데 청강호에게서는 아무런 연락이 오지 않고 있다.

미카엘의 성으로 돌아온 정필은 만약을 위해서 회령에 잠입할 만반의 준비를 끝낸 상태지만, 될 수 있으면 청강호가 뇌물로 좋게 끝내기를 바라고 있다.

그때 테이블에 내려놓은 정필의 휴대폰이 진동으로 부르르 울렸다.

정필은 재빨리 휴대폰을 집어 들었다.

"청 선생!"

—터터우! 김길우임다!

그런데 전화를 한 사람은 청강호가 아니라 김길우다.

"무슨 일입니까?"

김길우의 목소리가 상당히 다급하게 들려서 정필은 무슨 일이 터진 것이라고 짐작했다.

—터터우, 놀라지 마십시오.

"뭔데 그럽니까?"

청강호에게서 연락이 없는 것 때문에 초조한 심정이던 정필은 신경이 날카로워져 있었다.

—은애 씨 찾았슴다.

"……"

정필은 순간적으로 김길우가 무슨 말을 하는지 알아듣지 못하고 가만히 있었다.

—터터우, 듣고 계심까?

"방금 뭐라고 그랬습니까?"

확인하려는 것이 아니라 정필은 정말 제대로 듣지 못했다. 김길우가 뭔가를 찾았다고 했는데 무엇을 찾았다는 건지 알 수 없었다.

—은애 씨 찾았슴다. 조은애 씨 말임다.

김길우는 한 글자씩 또박또박 다시 말해주었다.

"정말입니까?"

―그쪽에서 우리가 나눠준 은애 씨 사진을 갖고 있다는데 사진하고 똑같답니다.

비로소 정필은 흥분했다.

"거기가 어디랍니까?"

―개산둔이라는 곳입다.

"개산둔? 거기가 어디쯤 됩니까?"

―여기에서 2시간이면 갈 수 있습다.

정필이 궁금한 건 그게 아니다.

"어떻게 그곳에서 은애 씨가 발견된 겁니까?"

―두만강에서 고기잡이하는 노인이 밤에 쳐둔 그물에 은애 씨가 걸렸다고 함다.

"그물에……."

정필은 가슴이 먹먹해졌다. 그는 누구랄 거 없이 옆을 보며 말했다.

"지도 없습니까?"

재영이 재빨리 테이블에 지도를 펼치고 개산둔을 찾아냈다.

"여기다."

정필은 두만강 가의 개산둔에서 상류 무산까지 눈으로 죽 훑어 올라왔다.

무산에서 개산둔까지 두만강 물길로 짧게 잡아도 최소한 150km는 될 것 같았다.

'맙소사… 서기까지 떠내려갔나는 선가!'

정필은 박종철에게 교살당한 은애의 시체가 150㎞나 떠내려가서 개산둔에 쳐놓은 어부의 그물에 걸렸다는 사실에 가슴이 저렸다.

그때 휴대폰이 부르르 울렸다. 김길우와 통화를 하고 있는 중에 누군가의 전화가 온 것이다. 정필은 그게 청강호의 전화일 것이라고 짐작했다.

"길우 씨, 조금 이따 전화하겠습니다."

—알갔슴다.

정필은 새로 온 전화를 받았다.

"정필입니다."

—청강호요.

예상대로 청강호다. 그의 목소리가 밝은 것 같아서 정필은 마음이 놓였다.

"어떻게 됐습니까?"

—잘되는 거이 같더니만…….

잘됐다면서 청강호는 말끝을 흐렸다.

—그쪽의 요구가 당치도 않소.

그쪽이라는 건 회령정치범수용소 우두머리인 책임지도원을 가리키는 것일 게다.

"뭐라고 합니까?"

—자기네 가족을 몽땅 탈북시켜서리 남조선에 데려다 달라는 거이 앙이겠소?

"허어……."

이것은 전혀 예상하지 못했던 요구다. 그렇지만 들어주지 못할 것도 없다.

책임지도원이 자신과 가족을 탈북시켜 달라고 하면 까짓 것 해주면 된다. 탈북시키는 것은 정필의 전문이다.

하지만 청강호가 그것 때문에 '당치도 않은 요구'라고 말하지는 않았을 것이다.

"문제가 있습니까?"

—그 작자 가족이 평양에 있다는 말이오. 평양에 있는 가족을 어케 탈출시킨다는 말이오?

정필은 뭔가 이상한 느낌을 받았다.

"정치범수용소 책임지도원쯤 되면 평양에 있는 가족 여행증명서 하나 만드는 거 쉽지 않습니까?"

—그거이 내가 알아보니까 그 작자, 요즘 숙청 대상으로 당의 감시를 받고 있다고 하오.

"아… 그렇군요."

그렇다면 그자가 가족 동반하여 탈북하려는 이유도 다 설명이 된다.

—그 작자가 똥줄이 타니까니 자기하고 가족을 탈북시켜

구는 서로 밀고는 얘기가 씨도 안 먹힌다는 말이오.

정필은 잠시 생각하다가 말했다.

"청 선생님, 30분 후에 다시 전화 주십시오."

―알갔소.

전화를 끊은 정필은 위해시의 꽁타첸에게 전화를 했다.

―따거!

꽁타첸의 목소리에서 반가움이 넘친다.

"꽁타첸 씨, 우리가 북한으로부터 임대한 갯벌이 정확하게 어디입니까?

―아… 평안남도 온천읍이라는 곳입니다.

정필이 재영에게 턱짓으로 지도를 가리켰다.

"평안남도 온천읍."

재영이 부지런히 지도를 손가락으로 그으면서 살피더니 평양 남서쪽 서해안 지역을 가리켰다.

"여기다."

"평양에서 거리가 얼마입니까?"

재영이 눈으로 죽 훑더니 대답했다.

"40km에서 50km쯤 된다."

그 정도면 서울에서 인천 정도 거리다. 정필은 다시 꽁타첸과 통화했다.

"갯벌 조업 시작했습니까?"

—시작한 지 5일 됐습니다.

"내 말 잘 들으세요."

정필이 꽁타첸과 한동안 긴밀하게 통화를 하고 나서 한숨 돌리려는데 청강호의 전화가 왔다.

"청 선생님, 책임지도원에게 이런 제안을 해보십시오."

—무시기 제안이오?

"책임지도원 가족이 평양에서 온천읍까지 40~50㎞를 이동 하는 겁니다."

—온천읍이면 평남 아니오? 거긴 왜 가라는 거요?

"내가 온천읍 갯벌을 북한 정부로부터 임대해서 지금 갯벌에서 어패류 채취하는 작업을 하고 있습니다."

—아… 정필 씨가 그거를……

"그쪽에는 다 손을 써놨으니까 책임지도원 가족이 어떻게 하든지 온천읍 갯벌까지만 가면 됩니다."

—알았소. 내 그 작자에게 물어보고 다시 전화하갔소.

청강호 목소리에 힘이 들어갔다.

정필은 숨 돌릴 틈 없이 이번에는 김길우에게 전화했다.

"길우 씨, 미안하지만 개산둔에는 길우 씨가 다녀오세요. 나는 회령하고 단동 일로 정신없습니다."

—알겠습다. 지금 즉시 출발하겠습다.

"부탁합니다."

은애 일이라면 정필이 직접 가야 하지만 지금은 그럴 경황이 없다. 회령 일이든, 단동 일이든 정필 없이는 진행되지 않기 때문이다.

정필 등은 주방 식탁에 둘러앉아서 저녁 식사를 했다.

정필은 남양보위부에서 구타를 당하는 과정에 입안이 다찢어졌기 때문에 죽만 먹을 수밖에 없는 신세다.

정필 양옆에는 혜주와 주희가 앉아서 밥을 먹고 있다.

엄마 한유선을 잃고 정필을 따라서 연길에 온 혜주는 정필이 거의 집에 붙어 있지 않고, 또 북한에 납치됐다가 크게 다쳐서 돌아오는 일이 생기자 마음이 몹시 불안하여 정필이 집에 있을 때는 찰거머리처럼 그에게 달라붙어서 떨어지려고 하지 않았다.

주희는 주희대로 오로지 정필 한 사람만 믿고 혈혈단신 탈북을 했기 때문에 그와 떨어져 있으면 불안해서 죽을 것처럼 행동을 했다.

정필은 죽 한 그릇을 뚝딱 해치우고 나서 승희를 쳐다보며 말했다.

"승희, 너는 정식으로 중국 영주권 만들어줄 테니까 만호하고 부모님만 대한민국에 보내라."

식탁 왼쪽에서 식사를 하고 있던 승희는 기쁜 얼굴로 정필을 바라보았다. 정필이 말하는 것은 그녀가 바라던 바였다.

"알갔슴다."

정필은 남양보위부에서의 승희의 활약을 직접 눈으로 보고 그녀가 자신에게 꼭 필요한 사람이라고 생각했다.

승희가 먼저 정필을 돕겠다고 말을 꺼냈으니까 그것을 허락하는 모양새가 됐다.

위엔씬에게 부탁할 것도 없이 연길공안국장 장취방에게 말만 하면 승희가 중국 국적을 취득하는 것쯤은 별문제가 없을 것이다.

"보수는 월 만 달러를 주겠다."

정필의 말에 승희는 잘 모르겠다는 표정을 지었다.

"보수가 뭡까?"

"월급이야."

승희 맞은편의 재영이 음식을 우물우물 씹으면서 설명했다.

"만 달러면 대한민국 돈으로 800만 원쯤 되고 중국 돈으로는 6만 위안쯤 된다. 그걸 승희, 네 월급으로 매달 주겠다는 거야."

"아······."

승희가 크게 놀라는 모습이 재미있다는 듯 재영이 계속 설명했다.

"연길 사람 한 달 평균 월급이 1,000위안이니까 너는 그들보다 60배나 더 버는 거다."

승희는 정필을 보며 두 손을 마구 저었다.

"아임다. 저는 월급 필요 없슴다."

"월급 안 받을 거면 나도 너 필요 없다."

"오라바이⋯⋯."

정필이 딱 잘라서 말하자 승희는 크게 당황했다.

재영이 또 참견했다.

"만호하고 부모님이 대한민국에 가면 집하고 정착금을 받겠지만 그걸로는 살기가 팍팍할 거다. 만호 혼자 벌어서 부모님 부양하는 게 쉽지 않을 거야."

"길티만⋯⋯."

"800만 원이면 대한민국에서 웬만한 월급쟁이보다 서너 배 많이 받는 거니까 그 돈으로 충분히 부모님 호강시켜 드릴 수 있을 거다."

승희는 정필을 보면서 우는 표정을 지었다.

"오라바이, 너무 많슴다. 솜 깎아수기요."

"앞으로 더 올려주겠다."

승희는 깜짝 놀랐다.

"제 말은 그기 앙이고."

"지금 더 올려 달라는 얘기냐? 알았다. 2만 달러 주마."

승희는 재영이 빙긋 미소 짓는 걸 보고는 무슨 의미인지 감을 잡고 벌떡 일어나 정필에게 허리를 굽혔다.

"오라바이, 기냥 만 달러 주시라요."

"알았다."

승희는 식겁했다는 듯 손등으로 땀을 닦았다.

"야아~ 오라바이 보통 아임다."

청강호와 세 번째 통화를 했다.

─그 작자의 말로는 가족이 평양에서 온천읍까지는 여행증명서 없이 갈 수 있다고 하오.

"그럼 즉시 이동하라고 하십시오."

─온천읍에 가서리 누굴 만나면 되는지 가르쳐 주오.

"알았습니다."

─그 작자 말이, 가족이 중국에 무사히 도착한 거이 확인을하면 회령 쪽 일을 시작할 거라고 하오.

"그러겠지요."

정필은 이쪽에서 무조건 양보만 할 수는 없다고 생각했다.

"우리 쪽 사람들을 정치범수용수에서 빼내서 회령시의 안전 가옥에 모셔놓은 다음에 우선 나하고 그분들을 만나게 해달라고 요구하십시오."

─그 정도는 해줄 거우다.

정필로서는 안전장치가 필요하다. 고모 부부와 주희 부모님, 남동생이 정치범수용소 내에 감금되어 있으면 구출하는 일이 불가능에 가깝다.

하지만 그들이 정치범수용소를 벗어나서 안전 가옥에 있으면 일이 잘못되더라도 정필이 무력을 사용하여 구출할 수가 있을 것이다.

"책임지도원은 내가 누군지 모르겠지요?"

─알 턱이 있갔소? 길티만 검은 천사가 남양보위부를 발칵 뒤집어놨기 때문에 회령도 뒤숭숭하오.

남양보위부가 폭격을 당한 것처럼 쑥밭이 되고 거기에 감금되어 있던 북송 탈북자 513명이 버젓이 걸어서 도문교를 건너간 사건은 북한, 즉 조선민주주의인민공화국 창건 이래 전무후무한 일이다.

검은 천사는 중국에서만 탈북자들을 구하는 것이 아니라 이제는 북한까지 들어와서 뒤흔들어 놓고 있으니 북한으로서는 그에게 이를 갈고 있을 것이다.

"그렇겠지요."

정필은 문득 생각나는 것이 있어서 물었다.

"책임지도원은 지금 어디에 있습니까?"

─회령 시내에 있는 당원 전용 식당에서 나하고 술 마시고

있는 중이오.

"일단 제가 회령으로 이동하겠습니다. 청 선생님은 그자에게 조금 전 그 제안을 해보십시오."

—알겠소.

제66장
엔젤 루트

정필은 재영, 승희와 함께 연길을 출발했다.

연길에서 회령으로 가려면 중국 두만강 강가에 있는 마을 삼합진으로 가야 한다. 그리고 삼합진 조금 못 미쳐서 개산둔이 있다.

아까 김길우가 은애의 시신을 그물로 건진 사람이 개산둔에 있다고 말했었다. 정필이 바빠서 김길우더러 개산둔에 가라고 했는데 시간상으로 봐서는 벌써 왔다가 연길로 돌아갔을 것이다.

정필 일행이 개산둔에 이르기도 전에 날이 완전히 어두워졌으며, 얼마 지나지 않아서 청강호의 전화가 걸려왔다.

―정필 씨가 회령에 오면 고모와 고모부를 만날 수 있을 거이오. 여기 썩 괜찮은 장소에 모셔다 놓았소.

"주희 부모님과 남동생도 같이 계십니까?"

―물론이오. 그리고 좋은 소식이 하나 더 있소.

"뭡니까?"

―하하하! 정필 씨 나를 크게 칭찬해 줘야 할 게요!

청강호는 뭐가 그렇게 좋은지 호탕하게 웃으면서 금세 말하지 않고 뜸을 들였다.

"뭔데 그럽니까?"

―최문식이라는 이름 들어본 적 있소?

"없습니다."

―하하하! 그럴 거이오! 고롬 최인화는 뉘긴지 아오?

정필은 답답했지만 꾹 참았다.

"모릅니다. 도대체 누굽니까?"

―내래 아까 정필 씨 고모라는 최명숙 씨를 직접 만나지 않았잖소?

"그러셨군요."

"그랬더이만 정필 씨 고모 말씀이 회령정치범수용소에 작은아버지하고 고모네 가족이 같이 있다는 거 아니겠소? 고모한테 작은아버지하고 고모라면 정필 씨하고는 무슨 관계가 되갔소?"

"……."

순간 정필은 백만 볼트 전기에 감전된 것 같은 충격을 받고 가슴이 꽉 막혀서 아무 말도 하지 못했다.

정필은 할아버지의 동생들이 있다는 말을 가끔 들은 적이 있었지만 자세한 내용은 기억에 없다.

할아버지는 부인 강옥화와 자식들에 대한 얘기는 많이 했었지만 동생들에 대한 얘기는 그다지 많이 하지 않았다. 열악한 북한 사정으로 봐서는 동생들이 이미 죽었을 것이라고 포기했기 때문이다.

―정필 씨의 작은 할아버지가 최문식이고, 고모할머니가 최인화요. 이자보이 그분들 가족이 싹 다 회령정치범수용소에 함께 있었지 앙이했슴둥?

"아아……."

정필은 너무도 감격해서 그저 신음 소리 같은 감탄만 내뱉을 뿐이다.

―최문식 씨가 아들 둘에 딸 둘, 최인화 씨가 아들 하나에 딸 셋인데 말이오. 그 가족 전체가 몽땅 여기로 끌려와서리 중노동을 하고 있었다는 말이오.

정필은 손이 부들부들 떨리고 있는 것도 느끼지 못했다.

"무엇 때문에 그분들이 끌려온 겁니까?"

―내가 그분들한테 들어보니까 말이오. 정필 씨가 회령에

사는 할마이하고 작은아버지 가족을 탈출시켜서리 남조선으로 데려간 것 때문에 싹 다 이리 끌려온 거이오.

"아아……."

정필은 탄식했다. 청강호가 아니었으면, 아니, 회령정치범수용소에 있는 고모 부부를 구하려고 하지 않았으면 이 엄청난 일을 전혀 모르고 있었을 것이다. 그런 생각을 하자 정필은 가슴이 서늘해졌다.

정필은 할머니와 작은아버지 가족을 탈출시켜서 대한민국에 입국시키는 것으로 일이 끝났다고 생각했었다.

그런데 그 일 때문에 작은할아버지와 고모할머니 가족들까지 깡그리 정치범수용소에 끌려왔을 줄은 꿈에서조차 상상하지 못했었다.

대한민국 같으면 누군가 죄를 짓게 되면 그 한 사람에게만 죄를 묻는데 반해서, 북한은 친척들까지 깡그리 처벌된다는 말을 들은 적이 있었는데 그게 정필의 일이 될 줄이야 누가 알았겠는가.

"그분들 어떻게 됐습니까?"

─내래 그분들 가족을 싹 다 모시고 나오지 않았겠소?

"아아… 잘하셨습니다."

─모두 43명이오. 43명.

정필은 기절할 정도로 놀랐다.

"애쓰셨습니다. 뭐라고 감사를 드려야 할지 모르겠습니다. 정말 고맙습니다, 청 선생님."

작은할아버지와 고모할머니 자식이 모두 8명이니까 그들이 결혼을 해서 자식을 낳았을 테고, 그러면 다 합쳐서 43명이 되고도 남는다.

—내래 이자 정필 씨한테 받은 은혜를 조금 갚은 기분이 드오. 이거 때문에 내래 애썼시오.

"제가 청 선생님께 큰 은혜를 입었습니다. 죽을 때까지 이 은혜 갚겠습니다."

정필은 전화를 끊고 나서도 손이 덜덜 떨리고 가슴이 미친 듯이 뛰어서 정신을 차릴 수가 없었다.

"정필아, 무슨 일이냐? 왜 그래?"

운전하는 재영이 잔뜩 궁금해서 물었다.

"후우……."

정필은 마음을 가라앉히려고 길게 숨을 토해냈다.

"회령정치범수용소에 작은할아버지와 고모할머니 가족 43명이 끌려와서 고모, 고모부와 같이 계셨답니다."

"뭐어?"

"옴마야… 으찌나……."

재영은 물론이고 뒷자리의 승회까지도 소스라치게 놀라서 비명을 질렀다.

"그래서 어떻게 됐어? 다들 안가로 모신 거야?"

"그렇답니다."

"야아… 잘됐다! 정말 잘됐다! 하하하!"

재영은 핸들을 두드리며 자기 일처럼 기뻐했다.

"어찌 그런 일이… 오라바이께서 훌륭한 일을 하시니까니 하늘이 복을 내린 거임다."

북한 특수부대 폭풍군단 벼락여단 소속의 여전사 승희는 요즘 들어서 눈물이 많아졌다.

"할아버지께 알려야겠습니다."

정필은 휴대폰 폴더를 열고 서울로 전화를 했다.

"어머니, 할아버지 계세요?"

—얘는, 엄마는 보고 싶지도 않니?

전화를 받자마자 할아버지를 바꾸라니까 엄마가 샐쭉해하는 모습이 눈앞에 삼삼하게 그려졌다.

"어머니, 많이 사랑합니다. 급한 일입니다. 할아버지 바꿔주세요."

정필은 이날까지 엄마한테 사랑한다는 말을 한 번도 한 적이 없었다.

정필이 사랑한다는 말을 그것도 많이 사랑한다고 하자 엄마는 두말하지 않고 할아버지 최문용을 바꿔주었다. 그 정도로 급한 일이라고 알아들은 것이다.

"할아버시."

정필의 진지한 목소리에 최문용은 벌써 긴장했다.

―정필아, 무슨 일이니?

정필은 연로한 할아버지가 놀랄 것 같아서 어떻게 말을 해야 좋을지 잠시 생각하다가 그냥 단도직입적으로 말하기로 했다. 이 일은 아무리 에둘러서 말해도 할아버지가 놀랄 수밖에 없기 때문이다.

"저 지금 회령정치범수용소에 고모하고 고모부 구하러 가는 길입니다."

―어…….

최문용은 정필이 막내딸 최명숙을 구하러 간다고 하는 말에 몹시 놀란 모양이다. 금세 대답하지 못하고 이상한 신음 소리를 냈다.

최문용에겐 두 아들과 딸 하나가 있으며 두 아들 가족은 다 곁에 두고 있는데, 막내딸만 북한에 내버려 두고 있어서 몹시 안타까웠었다.

그러다가 얼마 전에 정필이 한국에 다녀가던 길에 북경공항에서 막내딸 최명숙의 딸 미란과 아들 지훈이 대한민국으로 밀입국하려다가 중국 공안에게 체포된 장면을 우연히 목격하게 되어 두 사람을 구해서 무사히 한국에 보냈었다.

최문용은 안기부로 찾아가서 미란과 지훈을 만났으며 그들에게 부모가 정치범수용소에 끌려갔다는 말을 듣고는 절망에 빠졌었다.

그런데 갑자기 전화를 한 정필이 그 막내딸 부부를 구하러 간다는 말에 너무 놀라서 말을 잃어버렸다.

"그런데 할아버지, 회령정치범수용소에 작은할아버지와 고모할머니네 가족도 함께 계시다고 합니다."

─무… 슨 말이냐?

"작은할아버지 성함이 최문식이고, 고모할머니 성함이 최인화 맞죠, 할아버지?"

─그… 그래.

"작은할아버지하고 고모할머니 가족 43명이 모두 회령정치범수용소에 계시다는 겁니다."

─어… 어……

최문용은 얼마나 놀랐는지 말을 하지 못했다.

"그래서 제가 손을 써서 모두 정치범수용소 밖으로 모시고 나왔습니다."

─저, 정필아.

"네, 할아버지."

─내래 네가 무슨 말을 하는 거인지 잘 알아듣지 못하겠다.

정필은 차근차근 설명했다.

"고모 최명숙 부부 두 분하고, 작은할아버지 최문식과 아들들, 딸 들 가족 19명, 고모할머니 최인화의 아들 히나, 딸 셋 가족 22명, 모두 43명을 회령정치범수용소 밖에 있는 민가에 모셔다 놨습니다."

―아아… 정필아…….

"그분들 모두 할머니하고 작은아버지 가족이 탈북한 것 때문에 정치범수용소에 끌려왔다는 겁니다."

―기래…….

"제가 오늘 밤 안으로 43명 모두 구해서 연길에 돌아갈 테니까 할아버지 기다리세요."

―어휴… 정필아, 너 어케…….

"할아버지, 걱정하지 마세요."

―기래… 문식이랑 인화가 아직꺼정 살아 있다는 말이지?

"그럼요. 건강하시답니다."

―기래… 기래… 오래 살아온 보람이 있다이……. 내 동생들을 만나게 되다이… 어흐흑……!

최문용은 이제야 조금쯤 실감이 나는지 말을 하다가 갑자기 울음을 터뜨렸다.

정필은 자신들이 타고 온 도요타 랜드크루저와 서동원이 몰고 따라온 버스 한 대를 삼합진에 놔두고 도보로 두만강을 향해 이동했다.

버스를 몰고 온 이유는 43명, 아니, 주희 부모와 남동생까지 46명을 모두 태우고 연길로 돌아가기 위해서다.

서동원에게는 연락을 하면 두만강 근처로 버스를 몰고 오라고 얘기해 두었다.

정필은 청강호와 회령정치범수용소 책임지도원 사이의 얘기가 어떻게 진전이 되더라도 회령 민가에 모여 있는 45명을 오늘 밤에 무조건 두만강을 도강시킬 계획이다.

책임지도원은 자신과 가족이 탈북하는 대가로 45명을 회령 시내 민가로 빼돌린 것이기 때문에 많은 병력을 동원하지 못했을 것이다.

아마도 최소한의 병력으로 감시를 하고 있을 테니까 정필 일행이 45명을 구하는 일은 어렵지 않을 것 같다.

정필과 재영, 승희가 삼합교 아래 꽁꽁 얼어붙은 두만강을 건너자 저만치 어둠 속에서 누군가 플래시를 비췄다.

"정필 씨."

플래시를 비춘 사람은 뜻밖에도 청강호다. 그는 정필더러 삼합교 아래로 건너라고 일러주고는 자신이 직접 나와서 기다리고 있었다.

"청 선생님."

앞선 정필이 주위를 둘러보면서 언덕을 올라가 청강호의 손을 집었다.

"차를 준비해 놨으니까니 타고 갑시다."

청강호가 강둑에 세워져 있는 승용차 한 대를 가리켰다.

정필 일행이 청강호를 따라서 강둑을 따라서 걷다보니까 국경 수비대 초소가 있는데 불이 꺼져 있어서 캄캄했고 인적이 없었다.

청강호가 초소를 가리키며 태연하게 말했다.

"여기 지키는 병사들한테 술이나 마시고 오라고 돈 좀 줬더니 신바람이 나서리 시장으로 달려갑디다."

정필 일행이 낡은 도요타 승용차에 타자 운전석의 청강호가 차를 출발시켰다.

부르릉……

"책임지도원은 자기 사택으로 돌아갔소. 재떨이 하나 붙여 줬더이만 좋아라 합디다."

"재떨이가 뭡니까?"

"아… 고거이 아무 사내한테나 몸을 주는 여자를 북조선에서는 재떨이라고 하오."

네.

"일단 책임지도원은 자기네 가족을 평남 온천읍으로 보냈소. 지금쯤 가고 있을 거이오."

조수석에 앉은 정필이 말했다.

"그쪽 일을 하는 내 사람이 책임지도원 가족을 배에 태우는 즉시 청 선생님에게 전화하라고 일러두었습니다."

"그러면 나는 책임지도원한테 가서리 가족하고 전화 통화를 시켜주면 되갔구만기래."

"그렇습니다."

끼이…….

출발한 지 5분 후에 낡은 도요타 승용차는 듣기 거북한 소리를 내면서 멈췄다.

"여기요."

그곳은 회령시 외곽 어느 마을 가장자리에 있는 창고처럼 생긴 제법 큰 직사각형의 단층 건물이었다.

"여긴 마을 공동인민회당이오. 내일 점심때까지는 아무도 얼씬거리지 앙이할 게요."

"안에 계신 분들은 내가 오는지 아십니까?"

청강호는 앞서 인민회당으로 걸어가면서 뒤돌아보며 빙그레 미소 지었다.

"모르오. 나는 아무 말도 앙이했소. 감격스러운 장면을 반감시켜서야 쓰갔소?"

정필이 주위를 둘러보았지만 지키는 병력은커녕 쥐새끼 한 마리도 보이지 않았다.

"아무도 지키지 않는 겁니까?"

"지키다이? 숙청당할 상황의 책임지도원이 몰래 하는 일인데 누굴 믿고 여길 지키게 하갔소?"

"하긴."

"그 사람들 여기 데려온 것도 순전히 책임지도원이 혼자서 직접 한 거이오. 45명을 굴비 엮듯이 줄줄이 포승줄에 묶어서 리 권총 한 자루 쥐고 정치범수용소에서 여기까지 데리고 온 거이오."

"정치범수용소 책임지도원이면 어느 정도 지위입니까?"

청강호는 다섯 손가락을 펴보였다.

"회령시 전체에서 다섯 손가락 안에 드오."

나무 문 앞에 선 청강호가 주머니를 뒤적거리더니 두 개의 열쇠가 걸려 있는 열쇠고리 하나를 꺼내고는 빙그레 미소를 지어보였다.

"이거 보시오. 책임지도원이 나한테 열쇠 맡긴 거 보면 상황을 모르갔소?"

덜컹…….

청강호는 나무 문에 채워신 자불쇠를 열고 발로 걸어차기만 해도 떨어져 나갈 것 같은 나무 문을 밀고 안으로 성큼 들어갔다.

"들어오시오."

재영과 승희가 가볍게 고개를 끄떡이는 걸 보고 정필은 안으로 들어갔다. 재영과 승희는 들어오지 않고 밖에서 경계를 하고 있을 것이다.

저벅저벅……

청강호가 앞서 플래시를 비추면서 걸어가고 정필이 묵묵히 뒤따랐다.

이제 곧 고모와 작은할아버지, 고모할머니 등 친척들을 만난다는 생각에 정필은 가슴이 심하게 쿵쾅거렸다.

두 사람은 복도를 따라서 몇 개의 문을 지나 중간쯤에 있는 어느 문 앞에 멈추었다.

문틈으로 불빛이 새어 나오고 안에서 두런거리는 말소리가 흘러나오고 있었다.

덜그럭……

청강호가 나무 문에 매달린 자물쇠에 열쇠를 꽂는 소리가 나자 안에서 흘러나오던 말소리가 뚝 끊어졌다.

끼이……

청강호를 따라서 안으로 걸어 들어가는 정필의 심장이 미친 듯이 두근거렸다.

실내는 나무로 된 마룻바닥에 교실이나 강당처럼 널찍한 공간이었다.

천장에 백열등 하나가 매달려 있으며, 한복판에 빨갛게 타오드는 난로가 있고, 그 주위에 수십 명이 옹기종기 모여서 뭔가를 먹다가 멈춰서 청강호와 정필을 바라보고 있다.

방 가운데에 노인이 보이고, 장년층도 있으며, 젊은 청년들과 여자들, 그리고 어린아이들과 젖먹이도 보였다.

난로 옆 바닥에는 커다란 찌그러진 솥 3개가 놓여 있고 그 옆에는 양동이가 하나 있는데 양동이 안에는 누리끼리한 무짠지가 반쯤 담겨 있었다.

청강호가 솥을 가리켰다.

"책임지도원이 인심 쓰고 이팝에 무짠지를 갯다 줬소."

사람들이 먹고 있는 것은 하얀 쌀밥에 무짠지였다. 아마도 이들은 이렇게 새하얀 쌀밥을 한 번도 먹어본 적이 없거나 먹었다고 해도 몇십 년 전이었을 것이다.

3개의 솥은 거의 바닥을 드러냈고, 그래도 아쉬운지 여기저기 몇 명이 손바닥에 올려놓은 쌀밥을 본능적으로 입으로 가져가고 있었다.

"여기 잘 보시오."

청강호가 사람들을 둘러보면서 말문을 열었다.

"청 선생님."

정필은 손을 뻗어 청강호가 말하는 것을 제지했다. 그리고는 사람들을 둘러보면서 제일 나이가 많을 것 같은 노인을 찾아보았다.

그리고 금세 찾았다. 족히 100세는 되어 보이는 주름투성이의 쪼글쪼글한 노인이다.

정필은 천천히 노인을 향해 걸어갔다.

사람들이 경계의 표정을 지으면서도 조금씩 길을 터주었다.

이 한겨울에 누더기나 다름이 없는 홑옷을 입은 채 멀거니 자신을 바라보고 있는 노인 앞에 이르러서 정필은 조용히 무릎을 꿇었다.

사람들이 놀라면서도 경계하는 표정을 지었지만 정필의 눈에는 그런 게 보이지도 않았다.

정필은 꽉 잠긴 목소리로 노인에게 물었다.

"성함이 최문식이십니까?"

정필은 노인이 귀가 안 들릴지도 모른다고 생각했지만 뜻밖에도 노인은 고개를 끄떡였다.

"내가 최문식이오만……."

정필은 두 손으로 바닥을 짚고 노인을 바라보았다.

"최문용이란 분을 아십니까?"

노인이 벌쭉 소리 없이 웃는데 이빨이 하나도 없다.

"최문용은 내 형이오. 나보다 네 살 많지."

"제가 최문용의 장손 최정필입니다."

"……."

노인 최문식은 정필의 말을 제대로 알아듣지 못했다.

그렇지만 그의 말을 알아들은 많은 사람이 크게 놀라며 웅성거렸다.

정필은 자꾸만 잠기려는 목소리를 가다듬고 다시 말했다.

"최문용은 아들 최태연을 데리고 전쟁 때 남한에 월남했었는데 제가 바로 최태연의 아들입니다."

"아아……"

"아이고… 이거이 무슨……"

"옴마야… 태연 삼촌 아들이라는고마이……"

최문식은 아직도 무슨 얘긴지 이해를 못 하고 있는데 다른 사람들은 말귀를 알아듣고 여기저기에서 울먹이는 탄성을 터뜨렸다.

사람들이 정필을 보는 눈이 달라졌다. 어떤 사람은 벌써 눈물을 펑펑 흘리고 또 어떤 이는 감격에 겨워서 몸서리를 치며 어쩔 줄 몰랐다.

정필은 울음을 꾹 참으면서 말을 이었다.

"제가 일전에 회령에 계신 강옥화 할머니와 최태호 작은아버지 가족을 탈출시켜서 남한으로 보내드린 것 때문에 여러분이 이런 고생을 하게 된 겁니다."

"으흐흑……!"

그때 한 여자가 울음을 터뜨리면서 무릎걸음으로 정필에게 엎어질 것처럼 다가왔다.

"네가 큰오라바이 아들이로구나……! 아이고… 정필아……!"

정필은 뼈에 가죽만 입혀놓은 것 같은 그 여자가 고모 최명숙이라는 것을 한눈에 알아보았다.

"고모!"

"기래! 내래 니 고모 최명숙이야!"

최명숙은 몸을 내던지듯이 정필에게 안겨왔다. 그의 품에 안긴 최명숙은 베개처럼 가벼웠다.

"으흐흐흑……! 정필아… 아이고, 정필아……. 니가 어케 여기까지 왔니야… 어흐흑……!"

그녀는 정필의 품에서 죽을 것처럼 몸을 흔들며 절규에 가까운 오열을 터뜨렸다.

정필은 눈물을 글썽이면서 그녀의 등을 부드럽게 쓰다듬으며 위로했다.

"고모, 제가 북경공항에서 미란이하고 지훈이를 우연히 만나서 남조선에 잘 보냈습니다."

"뭐이?"

최명숙은 깜짝 놀라서 정필의 품에서 벗어나 그의 손을 붙잡았다.

"네가 우리 애들 미란이하고 지훈이를 만났다는 말임둥?"

"그렇습니다."

"아이고, 잘했다이……. 정필아, 정말 잘했다이……. 내래 그

아이들 걱정에 잠도 제대로 자지 못했구마이… 어흑흑……!"

"할아버지께서 안기부에 찾아가셔서 미란이하고 지훈이를 만나셨답니다."

"아바이가 말이가? 아이고, 기랬구마이……."

'안기부'라는 말에 다들 표정이 굳어졌다. 북한에서는 남조선의 안기부를 지옥보다 더 무서운 곳이라고 세뇌를 시키기 때문이다.

최명숙이 눈물과 콧물이 범벅된 얼굴로 정필에게 물었다.

"정필아, 우리 아이들 안기부에서 무사하갔제? 무슨 일 없갔지?"

정필은 안기부가 지옥보다 무서운 곳이 아니라는 사실을 구구하게 설명하느니 더 빠른 방법을 선택했다.

"고모, 제가 안기부에서 일합니다."

"아이고… 고롬 됐구마이……."

그제야 모두의 얼굴에 안도의 표정이 떠올랐다.

정필은 최문식과 최인화 부부, 그리고 고모 최명숙과 고모부를 나란히 앉게 하고는 그 앞에 우뚝 섰다가 공손히 큰절을 올렸다.

최문식을 비롯한 어른들은 눈물을 그치지 못하면서 고개를 끄떡이며 정필을 바라보았다.

어른들 양쪽에는 그들의 자식들과 손자 손녀들이 앉아 있다가 정필이 절을 하자 맞절로 첫 상봉의 예를 갖추었다.

절을 하고 난 다음에 모두들 우르르 정필에게 모여드는데 정필이 진지한 표정으로 말했다.

"이제부터 여길 나갈 거니까 정식 인사는 중국으로 넘어가서 하는 게 좋겠습니다."

사람들은, 아니, 정필하고 한 가닥 핏줄로 연결된 친척들은 눈물을 흘리며 미소를 지으면서 고개를 끄떡였다.

"저기… 이보시오."

그때 정필의 친척들하고는 뚝 떨어져 있는 세 사람 중에서 몹시 깡마르고 안경을 쓴 50대 남자가 조심스럽게 정필을 불렀다.

남자 옆에는 매우 아름다운 용모의 40대 중년 여인과 아주 잘생긴 10대 소년이 두려운 표정으로 정필을 바라보고 있었다.

정필은 그들이 서희와 주희의 부모, 남동생이라는 사실을 한눈에 알아보았다.

"우리는 무슨 일로 데려온 겁네까?"

나이보다 훨씬 더 들어 보이는 준수한 용모의 남자가 정중함을 잃지 않으면서 정필에게 물었다.

정필이 다가가자 세 사람은 부스스 일어섰다.

정필은 한 손으로는 여자의 손을, 다른 손으로는 남자의 손을 삽았나.

"서희하고 주회 부모님이시죠?"

"그… 렇습네다."

"그리고 이 아이는 주회 동생 재민이고."

주회 부모와 남동생 재민은 놀라 자빠질 것 같은 표정이다.

"그걸 어떻게 알고 있습네까?"

함경도 사투리하고는 확연하게 구별되는 평안도 사투리로 남자 한용국이 놀라면서 물었다.

정필은 부드러운 미소를 지었다.

"서희하고 주회는 제가 구했습니다."

"그게 정말입네까?"

"서희는 베트남 밀림에서 구해서 남조선에 보냈고, 주회는 어제 남양보위부에 있는 걸 구해서 지금 연길에 있습니다. 곧 만날 수 있을 겁니다."

"아아……."

그제야 비로소 한용국과 나운하, 한재민은 크게 감동하면서 눈물을 왈칵 쏟았다.

"고맙습네다……. 이거이 뭐라고 감사의 말씀을 드려야 할지 모르겠습네다……."

주회 엄마 나운하는 정필의 얼굴이 심하게 일그러진 것을 보면서 눈물지었다.

"선생님 얼굴이 그렇게 된 것이 우리 주희를 구하다가 다친 것이 아닙네까?"

이때까지도 정필의 얼굴은 붓기가 가라앉지 않고 눈 주위와 입가에 피딱지가 말라붙어 있었다.

"그게 아닙니다."

그때 청강호가 끼어들었다.

"사실 정필 씨는 그저께 중국에서 북조선 보위부에 납치돼서리 남양보위부에 갇혀 있었습다."

사람들이 놀라서 웅성거렸다.

고모 최명숙이 정필 앞으로 다가오며 놀란 얼굴로 물었다.

"정필이가 뭘 잘못했다고 보위부가 납치를 했다는 검까? 남조선 사람을 함부로 막 잡아와도 되는 검까?"

청강호는 빙그레 미소 지었다.

"여기 있는 정필 씨가 아주 대단한 사람이기 때문임다. 여러분은 혹시 검은 천사라는 이름을 들어봤습까?"

다들 고개를 끄떡였다.

"여기 회령정치범수용소에는 이만 명이 있는데 그중에서 검은 천사를 모르는 사람은 젖먹이뿐임다."

"회령정치범수용소에 있는 사람들은 죽을 날만 기다리면서 살아가고 있는데 딱 한 가지 희망이 있습다. 고거이 언젠가는 검은 천사가 회령정치범수용소에 쳐들어와서 보안원들을 다

죽이고 해방시켜 줄 기이라고 믿고 있는 기임다."

그렇게 말하면서 눈물을 흘리는 사람들은 거의 젊은이들이다. 할아버지 최문용의 동생인 최문식과 최인화의 손자, 손녀들이라서 다들 정필보다 나이가 어린 10대 후반에서 20대 초반이었다.

청강호가 정필을 가리키며 의연한 목소리로 말했다.

"정필 씨가 바로 검은 천사임다."

"아아⋯⋯."

"정필 형님이 말임까?"

"옴마야⋯ 정필 오라바이가 북조선의 영웅, 검은 천사였다는 말임까?"

모두들 소스라치게 놀라서 그의 주위로 모여들며 한마디씩 감탄을 터뜨렸다.

정필은 쑥스러운 표정으로 모두를 둘러보았다.

"이제부터 여길 나가서 두만강을 건널 겁니다."

두만강을 건넌다는 말에 방금 전까지 흥분하던 사람들이 긴장했다.

"나 손을 써놨기 때문에 그냥 여길 나가서 꽁꽁 언 두만강을 건너기만 하면 됩니다. 두만강 건너에는 제가 버스를 대기시켜 두었습니다."

정필이 46명을 인솔하여 삼합교 아래에 이르렀을 때 휴대폰의 진동이 울렸다.

꽁타첸이다.

—따거, 북조선 사람들 평남 온천읍에서 배에 태웠다고 연락이 왔습니다. 제가 그쪽 전화번호 말씀드리겠습니다.

정필은 청강호를 손짓으로 불렀다.

"말하세요."

꽁타첸이 불러주는 전화번호를 정필이 말하자 청강호가 자신의 휴대폰 번호를 눌렀다.

"수고했습니다."

정필은 사람들이 재영의 인도로 두만강을 건너는 모습을 보면서 꽁타첸과 전화를 끊었다.

그때 청강호가 꽁타첸 밑에서 일하는 선장하고 전화가 연결됐다.

"웨이."

상대가 억센 산동 사투리를 사용하는 데도 청강호는 잘 알아들었다.

"거기 배에 탄 사람이 몇 명이오?"

—5명입니다.

"부인 바꿔주시오."

선장이 회령정치범수용소 책임지도원의 부인을 바꿔주었다.

―여보시오.

"현영광 동지 안사람이오?"

―그렇습네다.

회령정치범수용소 책임지도원 이름이 현영광이다.

"무사히 다 배에 탔소?"

―다 탔습네다.

"그 배 타고 중국 위해시에 당도하면 거기에서 기다리는 사람이 있을 거이오. 그러면 그 사람 집에 가서 푹 쉬다 보면 내일이나 모레쯤 현영광 동지가 그곳에 도착할 거이오. 내 말 알아들었소?"

―알아들었습네다. 그런데 우리 남편은 어디 있습네까?

"10분 후에 내래 다시 전화해서리 현영광 동지를 바꿔줄 테니까니 기다리시라요."

―알았습네다.

청강호는 전화를 끊고 나서 몸을 돌렸다.

"정필 씨, 내래 댕겨 올기요."

"다리 건너에서 기다리고 있겠습니다."

"알았소. 그리 보내갔소."

말을 끝내고 정필은 두만강 얼음 위를 나는 듯이 달려갔다.

그런데 이미 선두를 맡은 재영과 청년들이 두만강을 건너서 언덕을 오르고 있는 중이다.

탁탁탁탁—

정필이 언덕을 달려 올라가는데 언덕 위에서 중국말 고함소리가 터져 나왔다. 삼합교 중국 쪽을 지키는 군인들에게 발각된 모양이다.

정필이 달려가니까 4명의 군인이 정필의 친척 청년들에게 소총을 겨누고 있으며, 친척 청년들은 놀라서 우왕좌왕하고 있었다.

정필이 급히 군인들에게 달려가며 외쳤다.

"덩다이(기다려)!"

그는 품속에서 신분증을 꺼내 군인들에게 내밀었다.

"워쓰지린성미슈장터슈쥬어리른(나는 길림성 당서기 특수 보좌관이다)!"

군인들은 움찔 놀라더니 정필이 내민 신분증을 플래시로 비추며 살펴보고는 일제히 경례를 붙였다.

"징리(경례)!"

정필은 손을 저었다.

"츠조우(물러나라)!"

군인들은 일사불란하게 물러났다. 그러고는 그들 중에 한 명이 저 멀리 보이는 초소로 달려갔다.

그때 서동원이 모는 버스가 전방에서 달려와 정필 앞에 정지했다.

"터터우, 왔습다."

서동원은 버스 앞문을 열고 외쳤다.

정필은 청년들에게 가서 어른들을 모셔오라고 지시했다.

청년들이 달려가는 것을 보고 정필은 초소 쪽을 쳐다보았다. 군인 한 명이 초소로 달려갔으니까 필경 누군가를 데려올 것이라고 짐작했다.

과연 그의 짐작대로 초소에서 두 명이 나오더니 곧장 이쪽으로 달려왔다.

아까 달려간 군인보다 높은 계급인 듯한 군인이 정필에게 경례를 했다.

"워쓰파이장(저는 소대장입니다)!"

정필은 제법 유창해진 중국어로 설명했다.

"지금 비밀 작전을 수행중이다. 길림성 당서기의 보증이 필요한가?"

길림성 내의 모든 공직자나 공안, 경찰, 군인에게 '당서기'는 하느님과 동기 동창으로 통한다.

소대장은 '당서기'라는 말에 바싹 얼었지만 용기를 내서 다시 한 번 경례를 했다.

"부탁합니다."

정필은 청년들이 최문식과 최인화 등을 모시고 와서 버스에 태우는 광경을 보면서 위엔씬에게 전화를 걸었다.

그런데 마침 위엔씬이 전화를 받지 않고 비서가 받았다.

"당서기 부탁합니다."

―누구십니까?

여비서가 정중한 목소리로 물었다.

"워쓰쩡비(나는 정필이라고 합니다)."

정필이 통화하는 것을 소대장과 군인들이 긴장한 모습으로 지켜보고 있다.

잠시 후에 위엔씬이 전화를 받았다.

―오… 링디, 화장실에 다녀왔네.

"따거."

정필은 위엔씬에게 이곳의 상황을 아주 간략하게 설명했다. 설명이라고 해봤자 그저 자신의 신분을 확인해 주라는 정도일 뿐이다.

군인들은 정필이 길림성 당서기를 '따거'라고 부르는 걸 듣고는 완전히 질린 듯한 표정이 되었다.

정필은 전화를 끊고 소대장에게 말했다.

"잠깐 기다리게. 자네 쪽 상관이 연락할 거야."

3분쯤 지났을 때 소대장 어깨에 부착한 무전기에서 '치치익!' 하는 소리가 났다.

―파이장팅지엔(소대장, 듣고 있나)?

소대장은 즉시 무전기를 손에 쥐고 단단한 표정으로 말했다.

"미마(암호)."

깐깐한 소대장이다. 자신의 상관이 분명할 텐데도 암호를 요청하고 있다.

무전기에서 오늘 밤 암호가 흘러나오고 나서 자신의 신분을 밝혔다.

―워쓰시장(나는 사단장이다).

소대장은 너무 놀라서 새파랗게 질려 하마터면 무전기를 떨어뜨릴 뻔했다.

사단장이 직접 일선 소대장에게 무전을 했다면 그걸로 얘기는 끝난 것이다.

정필은 회령정치범수용소 책임지도원 현영광을 데려오라고 삼합교에 재영과 랜드크루저를 남겨두고 출발했다.

"정필아."

버스 안 중간쯤에 앉아 있는 작은할아버지 최문식이 정필을 불렀다.

"네, 작은할아버지."

앞쪽에서 고모, 고모부와 얘기하고 있던 정필은 즉시 대답하고 달려갔다.

"이자 어드메로 가는 거이니?"

"연길에 있는 저희 집으로 모실 겁니다."

"기래, 너는 연길에 집도 있꼬마이."

"사업을 하고 있습니다."

"무시기 사업임메?"

"유럽산 자동차를 갖고 와서 중국에서 팔고 있습니다. 그리고 식당도 하나 하고 있습니다."

"기래?"

"내일 작은할아버지하고 모두들 저의 식당으로 모시겠습니다."

정필은 뒤쪽에 나란히 앉아 있는 한용국 등을 쳐다보았다.

"내 집에 주희도 있으니까 곧 만나게 될 겁니다."

주희를 만난다는 말에 한용국과 나운하, 한재민은 서로의 손을 잡고 설레는 표정을 지었다.

"작은할아버지, 잠깐 기다리세요."

정필은 휴대폰을 꺼내 수신 상태를 보고 나서 서울에 전화를 걸었다.

"할아버지."

―기래, 정필아.

신호음이 한 번 울리자마자 최문용이 받았다. 정필의 전화를 애타게 기다리고 있었다는 뜻이다.

정필은 아무 말도 하지 않고 휴대폰을 최문식에게 두 손으로 공손히 내밀었다.

최문식은 방금 성필이 '할아버지'라고 불렀기 때문에 형 최문용을 즉시 떠올렸다. 그렇지만 휴대폰을 처음 보기 때문에 어리둥절한 표정을 지었다.

"이거이 어드러케 하는 거이니?"

"여기 귀를 대고 말씀하시면 됩니다."

정필은 휴대폰을 최문식의 귀에 잘 대주었다.

최문식의 번데기처럼 자글자글 주름진 얼굴이 긴장으로 물들었다.

"이보우다."

—뉘기야? 문식이네?

최문식의 부연 노안에 금세 눈물이 가득 차올랐다.

"이보시오… 형님이우까? 내래 문식이우다……."

휴대폰에서 비명 소리가 터져 나와서 정필은 물론 주위 사람들에게도 똑똑하게 들렸다.

—아이고! 너래 우리 집 들보라는 말이가? 문식아이! 내래 형이다! 문용이야!

최문식의 입에서 오열이 터져 나왔다.

"어흐흐흐흑… 형님……! 끄으으… 형님……."

—기래, 문식아… 우리 들보… 어흐응……!

최문식은 예전에 하도 공부도 잘하고 재주도 많아서 최씨 가문을 일으킬 '대들보'라고 했었다. 그걸 줄여서 집안에서는 그를 '들보'라는 애칭으로 불렀다.

최문식은 형에게 꿈속에서도 정겨운 '들보'라는 호칭을 듣고는 가슴이 무너지고 온몸이 후들거렸다.

—들보야… 문식아… 거기 인화도 있이냐? 우리 공주도 거기에 있는 거이니?

"어흑흑흑……! 네에! 여기 우리 공주도 있시요!"

최문식은 와들와들 떨리는 손으로 휴대폰을 자신의 뒤쪽에 앉은 최인화에게 주었다.

최인화는 휴대폰에서 흘러나오는 최문용의 목소리를 듣고 이미 눈물바다가 된 상태다.

"오라바이! 저 인화임다……. 큰오라바이… 살아계셨습까…으흐흐흥……! 큰오라바이……."

최인화의 애끓는 목소리가 버스 안을 울렸다.

버스 안에서 울지 않는 사람은 아무도 없다. 운전을 하고 있는 서동원도, 그 뒷자리에 앉은 승희도, 주희 부모와 어린 재민이도 헉헉거리면서 숨을 들이키며 감격스러움에 흐느껴 울었다.

몇 자리 건너 앞에 있던 최명숙이 비틀거리면서 이쪽으로 오는 것을 보고 정필이 달려가서 부축했다.

최인화는 최명숙을 보고는 휴대폰에 대고 거의 통곡을 하듯 말했다.

"으흐흐흑… 오라바이, 막내딸 명숙이 바꿔줄기요. 명숙이 고생 많았습다……!"

최명숙은 휴대폰을 받고 사촌 동생이 만들어준 자리에 앉기도 전에 울음을 터뜨렸다.

"어흐흑… 아바이! 저 명숙임다……! 아바이……!"

—기래… 명숙아… 아바이가 잘못했다이……. 우리 명숙이래 을매나 고생이 많았니야…….

"아바이… 저 아바이 막내딸 명숙이야요……. 아바이… 으흐흑!"

다들 울부짖느라 말다운 말을 나누지는 못해도, 그저 서로의 목소리만 듣고서도 그 심중에 묻어둔 길고도 깊은 한과 그리움을 손으로 잡듯이 이해했다.

"아바이… 건강하심까? 오데 아프지 않습까?"

—기래, 명숙아. 내래 일 없다. 아픈 데 항 개도 없다이…….

"아바이! 보고 싶습다……! 우리 헌앙하신 아바이… 상기도 잘생기셨디요?"

—명숙아… 너래 어케 살았니야… 아바이가 잘못했꼬마… 면목이 없다이…….

"그런 말쓤 마시라요? 어마이는 잘 계심까?"

—옆에 있다이. 바꿔주꼬마.

이번에는 강옥화의 찢어지는 비명 소리가 휴대폰에서 흘러나왔다.

—명숙아! 명숙아! 너래 명숙이 맞니야?

"아매… 어흐흑……! 아매……!"

최명숙은 휴대폰을 붙잡고 어린아이처럼 몸부림을 치면서
악을 쓰며 통곡했다.

밤 10시 무렵에 버스는 연길 시내로 들어섰고, 그때 재영에
게서 전화가 왔다.

—책임지도원 동무 픽업했다.

"수고하셨습니다."

—어디로 데려갈까?

"일단 평화의원으로 가십시오."

—오케이.

회령정치범수용소 책임지도원 현영광이 재영의 차에 탔다
는 것은 현재 서해 바다에서 위해시로 향하고 있는 어선에 탄
그의 가족들과 통화를 했다는 뜻이다.

정필은 재영과의 통화를 끝내고 나서 자리에서 일어나 버
스 안의 사람들을 둘러보며 말했다.

"저는 내일 먼 길을 가야 합니다."

"형님! 오데 가심까?"

최문식의 손자, 즉 정필의 육촌 동생인 최정철이 물었다. 손

사들은 다들 '찡(正)'자 들림을 쓰는데 그 사실을 정필은 이번에 처음 알았다.

"단동에 여자아이들 구하러 간다."

정필이 그 일에 대해서 간략하게 설명해 주자 모두들 크게 놀라면서도 감탄하며 엄지손가락을 치켜세웠다.

"참말 형님은 우리 북조선 사람을 위해서 훌륭한 일을 많이 하십니다."

"오라바이 같은 분이 우리 공화국 수령이 된다믄 일 년 안에 조국 통일이 이루어질 거임다."

"저는 정치범수용소에서 검은 천사에 대한 얘기를 듣고서리 참말로 훌륭한 사람이라고 존경했었는데 그 사람이 바로 저하고 피를 나눈 정필 형님이시라이……."

정필은 조용해지기를 기다렸다가 최문식과 최인화를 보면서 말했다.

"아픈 분 계십니까?"

"우리는 일 없다. 기런데 그걸 어째 묻니?"

"아픈 사람이 없으면 지금 곧장 출발하는 것이 어떨까 합니다만."

최명숙이 물었다.

"연길에 있는 정필이 너희 집에 가는 거이 아니니?"

"계획을 바꿀까 합니다. 대한민국으로 가는 겁니다."

"대한민국이 뭐니?"

"아… 남조선입니다."

'남조선'이라는 말에 버스 안이 갑자기 조용해졌다.

여기에 있는 사람들은 몇 시간 전까지만 해도 한 번 들어가면 죽을 때까지 나오지 못하는 북한 정치범수용소에 갇혀 있었다.

또한 평생 동안 남조선에 대한 최악의 세뇌 교육을 받아왔었기 때문에 '남조선'이라는 말에 본능적으로 경계심과 두려움이 몰려왔다.

"형님, 남조선은 어떤 곳임까?"

최정철이 조심스럽게 물었다.

"한 가지만 말해줄게."

통로에 일어서 있는 정필은 손가락 하나를 세워보였다.

"중국이 잘산다고 생각하니?"

최정철은 고개를 크게 끄떡였다.

"중국이 우리 공화국보다 백 배는 더 잘산다는 거이 모르는 사람 없슴다."

"중국 사람들이 브로커를 사서 남조선에 가려고 아귀다툼을 하고 있어. 왜 그런다고 생각하니?"

최정철이 반신반의하면서 반문했다.

"설마… 돈 벌려고 가는 검까?"

"그래. 중국 사람 한 달 평균 월급이 1,000위안이야. 남소선 사람 평균 월급은 얼마일 것 같니?"

"잘 모르갔습다."

최정철은 고개를 가로젓고 그 대신 다른 사람이 조심스럽게 대답했다.

"3,000위안쯤 됨까?"

"만 위안이야. 중국의 10배지."

"와아……."

"굉장합다……!"

"남조선, 아니, 대한민국은 거의 모든 면에서 중국에 압도적으로 앞서 있어. 대한민국은 중국을 경쟁자로 생각하지도 않아. 대한민국의 경쟁자는 일본, 미국, 영국, 프랑스 같은 선진국이야."

모두들 정필이 거짓말을 한다고는 생각하지 않았다. 그래서 그의 말을 곧이곧대로 믿고 감탄을 거듭했다.

그때 최명숙이 물었다.

"기런데 정필이 니 아바이는 무시기 일을 하니?"

"성밀 기계 부품을 생산하는 공장을 운영하고 계십니다."

"돈 얼마나 버니?"

"일 년 평균 천 억, 그러니까 중국 돈으로는 6억 위안 정도 매출을 올리고 있습니다."

최명숙은 애매한 표정으로 고개를 흔들었다.

"6억 위안이 얼마나 많은 건지 내는 모르갔다."

젊은 사람들은 6억 위안이 공화국 원화로 얼마쯤 될지를 머릿속으로 계산하느라 분주했다.

정필은 미소를 지으며 말했다.

"아픈 분이 없으면 저는 이 길로 곧장 대한민국으로 갈 생각입니다."

그는 재촉하지 않고 사람들을 둘러보았다.

"잘 의논해서 결정하십시오."

"정필 형님, 남조선에는 어떻게 갑까?"

최정철이 손을 번쩍 들고 물었다.

"배로 갈 거야."

"누구 배임까?"

"내가 어선을 몇 척 갖고 있다."

"얼마나 걸림까?"

"지금 출발하면 모레 오전에는 대한민국 땅을 밟을 수 있을 거야."

"네······."

제67장
나의 길, 나의 법

끼익……

버스는 미카엘의 성 대문으로 진입하여 마당에 멈췄다.

정필이 최문식을 서동원이 최인화를 승희가 최명숙을 부축해서 버스에서 내렸다.

정필은 거대한 성채 같은 3층짜리 미카엘의 성을 가리켰다.

"여기가 서의 집입니다. 들어가십시오."

모두들 미카엘의 성을 보면서 압도당하여 감탄성만 터뜨릴뿐 아무 말도 하지 못했다.

미리 연락을 받은 영실과 향숙, 혜주, 주희가 현관 앞에 나와서 사람들을 맞이했다.

"어서 오시라요."

주희는 앞으로 슬금슬금 걸어 나오면서 부모님과 남동생을 찾다가 갑자기 걸음을 뚝 멈췄다.

"흐흑……!"

버스에서 막 내리고 있는 부모님과 남동생 재민을 발견했기 때문이다.

"아매! 아바이!"

주희는 큰 소리로 울부짖으며 달려갔다.

"주희야……!"

"작은 누님!"

한용국과 나운하, 재민은 달려오는 주희를 얼싸안고 울음을 터뜨렸다.

정치범수용소에 갇혀 있던 부모와 남동생은 바깥세상에 버려진 서희와 주희를 염려했고, 뿔뿔이 흩어진 서희, 주희 자매는 부모와 남동생을 걱정했었다.

그러던 그들이 마침내 미카엘의 성에서 만났다. 비록 서희는 없지만 그녀가 대한민국에서 잘 있다는 사실과 곧 만날 수 있다는 사실 때문에 안심할 수가 있다.

이 모든 것이 단 한 사람, 검은 천사가 존재하기에 가능한 일이었다.

3월 4일 아침 10시경에 밤새 달려온 정필이 이끄는 한 무리가 산동성 위해시에 도착했다.

정필은 꽁타첸에게 친척들과 주희, 그리고 회령정치범수용소 책임지도원 현영광을 인계했다.

정필은 최명숙에게 휴대폰 하나를 내밀었다.

"고모, 배 타고 가시는 동안 이 휴대폰으로 할아버지나 아버지하고 통화하세요."

그가 모두와 두루 작별을 고하고 떠나려고 할 때 주희가 그를 부르면서 달려왔다.

"오라바이!"

주희는 두 팔로 정필의 허리를 꼭 끌어안고 울었다.

"저 대한민국에 갔다가 서희 언니야하고 다시 연길에 올 거임다."

정필은 주희의 머리를 쓰다듬었다.

"알았다."

"오라바이, 고개 숙여보시라요."

정필은 주희에게 한 번 속았던 경험이 있어서 그녀의 머리에 꿀밤을 주었다.

"인석이."

주희는 눈물을 펑펑 흘리면서 이별을 슬퍼했다. 그러나 대한민국에는 반드시 가야지만 자유로운 대한민국의 국민으로 다시 태어날 수가 있다는 사실을 알기에 입술을 깨물면서 이별을 견디고 있었다.

"저, 서희 언니야하고 다시 돌아오면 오라바이하고 결혼할 거야요. 알았슴까?"

"어서 가라. 다들 기다리신다."

정필은 대답하지 않고 주희를 돌려세워서 등을 떠밀었다.

정필과 재영, 승희는 위해시에서 꽁타첸이 직접 운전하는 어선을 타고 곧장 발해만을 건너 단동으로 향했다.

정필과 재영, 승희는 선실 안에서 어떤 작전을 구사할 것인지 머리를 맞대고 궁리를 거듭했다.

그러나 아무리 궁리를 해봐도 결론은 하나로 귀결됐다. 단동항에 정박해 있는 중국 선적 창비호가 출항하기 전에 화물선에 잠입해서 배 어딘가에 감금되어 있을 120명의 북한 여자아이를 구해야 한다는 사실에는 변함이 없다.

최선의 방법은 화물선에 잠입하지 않고 여자아이들을 구하는 것이다. 그래야지만 희생을 최소한으로 줄일 수 있다. 물론 흑사파 놈들의 희생 같은 건 신경도 쓰지 않는다. 구출 과정에서 여자아이들이 잘못될까 봐 그걸 걱정하고 있다.

무사히 작전을 완수하려면 중국 공권력의 힘을 빌리는 것이 최선이지만, 그러면 여자아이들이 중국 공안에 넘겨져서 북송되고 말 것이다.

단동은 길림성이 아니라 그 옆의 요녕성이다. 그렇기 때문에 길림성에서처럼 정필의 길림성 당서기 특수 보좌관 신분증이 위력을 발휘하지 못한다.

물론 어느 정도 영향력이야 발휘하겠지만 길림성에서의 그런 무소불위적 파워는 절대로 아니다.

"후우……."

정필이 답답한 마음을 떨쳐내려는 듯이 담배 연기를 길게 내뿜었을 때 휴대폰이 울렸다.

─터터우! 김길우임다! 지금 어디심까?

"단동 코앞에 와 있습니다."

뜻밖에도 전화를 한 사람은 김길우인데 해상이라서 그런지 통화가 고르지 못해서 지직거렸다.

─용건만 말씀드리갔슴다. 연길에서 북한 여자아이 120명을 신고서리 단동으로 출발한 후어씨앙의 차 번호를 알아냈슴다. 적으시라요.

"후어씨앙이 뭡니까?"

그런데 김길우는 정필의 말이 들리지 않는지 차 번호를 부르기 시작했다.

정필은 옆에서 담배를 피우고 있는 재영과 그 옆에 서 있는 승희에게 손짓을 해보이면서 김길우가 불러주는 차 번호를 큰 소리로 외쳤다.

—터터우! 후어씨앙이 아마 단동에 오후 4시나 5시쯤에 도착할 거 같다고 한다.

"알았습니다. 수고했습니다."

—터터우, 그리고 말임다. 은애 씨 말임다…….

그런데 김길우가 거기까지 말했을 때 직직거리는 잡음과 함께 통화가 끊어졌다. 정필이 김길우에게 다시 전화를 해봤지만 신호도 가지 않았다.

정필이 운전하고 있는 꽁타첸에게 물었다.

"후어씨앙이 뭡니까?"

"컨테이너입니다!"

엔진 소리가 시끄러워서 꽁타첸이 악을 썼다.

그렇다면 김길우가 말해준 차 번호는 컨테이너 트럭일 것이다. 그리고 그 컨테이너에는 여자아이들이 실려 있는 것이 분명하다.

꽁타첸이 단동항에서 일당을 후하게 주기로 하고 사람을 몇 명 고용했다. 그들에게 컨테이너 트럭의 차 번호를 알려주고 단동항으로 들어오는 몇 개의 도로를 지키라고 지시했다.

그 차 번호의 컨테이너 트럭을 발견하면 상금을 주겠다고 했으니까 대충 살피지는 않을 것이다.

정필 일행이 타고 온 레인지로버는 위해시에서 페리에 실려서 오고 있는 중이라서 정필은 단동항 인근에서 일제 승용차 렌트카를 구했다.

단동항 토박이에게 물었더니 단동항으로 들어오는 도로는 많지만 주요 도로는 3개라고 했는데, 연길에서 오는 컨테이너 트럭이라면 학대(鶴大)고속도로로 오다가 단동 램프에서 빠져나와서 빈해공로(濱海公路)로 올 확률이 60%이고, 압록강에 근접해 있는 낭동로(浪東路)로 올 확률이 40%라고 알려주었다.

꽁타첸에게 물었더니 빈해공로 쪽으로 한 사람을 보냈다고 했다.

정필 일행은 학대고속도로에서 빈해공로로 빠져나오는 램프 바깥쪽 도로변에 렌트카를 대놓고 차 안에서 목이 빠지게 램프 쪽을 주시하고 있다.

꽁타첸은 정필 일행이 단동항을 출발하여 빈해공로로 향하는 것을 보고는 위해시로 들어갔다.

그가 돌아가야지만 진두지휘를 해서 정필의 작은할아버지를 비롯한 친척들이 어선을 타고 서해상으로 나갈 수가 있다.

오후 3시 40분, 정필의 휴대폰이 진동했다.

"웨이."

—따거, 차 번호가 몇 번이라고 했습니까?

하루 고용한 중국인이 정필을 대뜸 '따거'라고 부르더니 컨테이너 트럭 넘버를 물었다.

정필이 차 번호를 불러주자 방금 전에 지나간 컨테이너 트럭이 찾고 있는 차인 줄 알았는데 아니라는 것이다.

학대고속도로에서 빈해공로로 나오는 램프는 컨테이너 트럭들이 가득 메우고 있었다. 한 대도 빠짐없이 전부 단동항으로 가는 차량들이다.

꼬리에 꼬리를 물고 가는 컨테이너 트럭들 속에서 본 적도 없는 한 대를 찾아내는 것이라서 결코 쉬운 일이 아니다. 까딱하면 놓치기 십상이다.

"정필아! 저 차!"

정필이 잠깐 눈을 깜빡거리는 사이에 창밖을 뚫어지게 내다보던 재영이 소리쳤다.

재영이 차창 밖을 가리키고 있는데 컨테이너 트럭들이 줄지어서 달리고 있어서 도무지 어떤 차를 가리키는 것인지 알 수가 없다.

부우웅!

운전대를 잡고 있는 재영은 말보다 행동이 빨랐다. 그는 일단 차를 출발시켜서 꼬리를 물고 달리는 컨테이너 트럭 속으로 비집고 들어갔다.

"저 앞에 빨간색 트럭이야! 넘버 앞에 길(吉) 자가 있는 걸 똑똑히 봤다!"

정필 일행이 찾고 있는 컨테이너 트럭 차 번호는 길림성을 뜻하는 吉에 연길을 나타내는 H가 들어가는 吉H99827이다.

재영이 吉H를 다 봤다면 찾고자 하는 컨테이너 트럭이 맞을 확률이 90% 이상이지만, 吉만 봤다면 50% 이하로 뚝 떨어진다. 吉이면 길림성에서 왔다는 뜻이기 때문이다.

부아아앙—

재영은 반대 차선으로도 마구 넘나들면서 컨테이너 트럭들을 미친 듯이 추월했다.

만약 지금 쫓고 있는 컨테이너 트럭이 틀리면 도로변에 차를 세우고 다시 찾아봐야 한다.

하지만 허둥지둥하는 사이에 목표로 한 컨테이너 트럭이 지나갔을 수도 있다.

"저거다! 정필아! 잘 봐라!"

재영이 목표로 한 빨간색 컨테이너 트럭 뒤로 끼어들면서 외치자마자 승희가 소리쳤다.

"맞습다! 99827임다!"

북한에서는 한문과 영어를 가르치지 않기 때문에 그녀는 吉H를 읽지 못하는 대신 탁월한 시력으로 정필보다 앞서 숫자를 보고 외쳤다.

정필이 눈을 크게 뜨고 자세히 보니까 차 번호 앞이 춤H가 분명하다.

"맞습니다!"

"오케이! 잡는다!"

재영은 마치 자살하려는 것처럼 중앙선을 넘어갔다.

부아아앙!

정필은 품속에서 소음 부스터가 부착된 베레타M9를 꺼내 오른손에 쥐었고, 승희도 글룩17을 꺼냈다.

뿌아아아앙—

맞은편에서 달려오는 컨테이너 트럭이 길게 경적을 울렸다.

컨테이너 트럭하고 정면으로 충돌하기 직전에 정필네 승용차는 곡예를 하듯이 아슬아슬하게 제 차선으로 끼어들면서 목표로 한 컨테이너 트럭 앞으로 들어갔다.

그러고는 천천히 브레이크를 밟고는 도로 한가운데에서 정지했다.

정필과 재영, 승희 세 사람은 거의 동시에 차 밖으로 튀어나가 뒤에서 막 급정거를 하고 있는 컨테이너 트럭을 향해 돌진했다.

빠아아아앙!

춤H99827 컨테이너 트럭은 고막이 찢어질 것 같은 경적 소니를 세자세 울렸나.

승희가 컨테이너 트럭 앞 범퍼를 밟고 올라서서 운전석을 향해 권총을 겨누었다.

컨테이너 트럭 앞자리에는 운전석과 조수석에 각 한 명씩 두 명이 앉아 있었다.

승희가 두 팔을 쭉 뻗어 권총 끝을 위로 까딱거리니까 운전석과 조수석의 점퍼를 입은 두 사내가 번쩍 두 손을 머리 위로 들었다.

그 사이에 정필은 운전석으로, 재영은 조수석으로 내달렸다.

그때 컨테이너 트럭 뒷자리에서 한 명의 사내가 슬그머니 몸을 일으키면서 승희를 향해 권총을 겨누는 모습이 운전석에 있는 사내의 어깨 너머로 보였다.

투충!

순간 승희의 글룩17이 불을 뿜었고, 발사된 총알이 앞창을 뚫고 운전석 사내의 오른쪽 어깨 위를 스치며 뒤에서 몸을 일으키던 사내의 이마 한가운데를 꿰뚫었다.

"내려!"

정필과 재영이 동시에 운전석과 조수석 문을 열어젖히며 사내들을 권총으로 위협했다.

정필 일행의 승용차가 멈춘 바람에 1차선의 차들은 줄줄이 멈췄고, 2차선의 차들은 정필 일행의 테러에도 아랑곳하지 않고 제 속도로 달렸다.

정필과 재영은 두 사내를 앞세우고 컨테이너 트럭 뒤쪽으로 향했고, 승희는 주위를 경계하면서 뒤따랐다.

"열어라!"

컨테이너 뒤쪽 문 앞에서 재영이 버럭 소리치자 두 사내 중 한 명이 쭈뼛거리면서 문으로 다가서더니 주머니에서 열쇠를 꺼냈다.

"다리에 총 한 방 먹어야 동작이 빨라지겠니?"

재영이 으름장을 놓자 사내가 깜짝 놀라서 허둥지둥 컨테이너 문을 열었다.

드긍…….

재영이 달려들어서 문을 양쪽으로 활짝 열자 컴컴하던 컨테이너 안으로 햇빛이 쏟아져 들어갔다.

정필과 재영, 승희는 컨테이너 안을 들여다보고는 오만상을 찌푸렸다.

컨테이너 안의 바닥에는 가마니 같은 거적이 깔려 있고, 그 위에 꾀죄죄한 몰골의 어린 여자아이 수십 명이 엎드리거나 누워 있었다.

컨테이너 문이 열렸는 데도 여자아이들은 일어서지 않고 몇 명만이 힘없는 해쓱한 얼굴로 이쪽을 쳐다보았다.

"이보시오, 물 좀 주십시오……. 목이 타서 죽갔습다……."

한 여자아이가 누운 채 정필과 재영을 향해 힘없이 손을 뻗었다.

"닫으십시오, 팀장님."

정필의 말에 재영은 이를 악물고 문을 다시 닫았다. 여자아이들에게 물을 주지 못하는 마음은 안타깝지만 여기에서는 그러면 안 된다. 그런데 그때 두 사내가 갑자기 후다닥 도망쳤다.

타탁탁탁탁—

정필 등은 재빨리 그들을 뒤쫓으면서 권총을 겨누다가 움찔 놀라서 멈추었다.

뒤에는 승합차 한 대가 멈춰 서 있었는데, 그 차에서 내린 듯한 점퍼를 입은 사내 10여 명이 각기 소총이나 권총 따위로 정필 일행을 겨누면서 다가오고 있었다.

그리고 방금 도망친 두 사내는 그들 속으로 끼어들었다. 그로 미루어 놈들은 같은 일행이고, 앞쪽의 컨테이너 트럭을 호위하는 흑사파 놈들이 분명했다.

"날래 총 버리라우! 간나새끼들아!"

앞선 조선족 사내 한 명이 당장에라도 총을 쏠 것처럼 권총을 흔들면서 호통을 쳤다.

"우라질……."

재영이 오만상을 쓰면서 권총을 아스팔트에 던지려고 할 때였다.

타앙!

"큭……."

허공을 울리는 한 발의 총성과 함께 방금 호통을 친 사내의 몸이 풀썩 그 자리에 허물어졌다.

"이 종간나새끼들! 이 말이 끝날 때까지도 총을 들고 있는 놈은 그대로 쏴버리갔어!"

정필의 귀에 익은 쨍쨍한 여자 목소리가 고막을 울렸다.

정필이 놀라서 쳐다보니까 2차선 도로를 막고 도로변에서 이쪽으로 건너오고 있는 낡은 정장 차림의 사내들과 그들의 선두에서 바락바락 악을 쓰고 있는, 역시 정장에 짙은 선글라스를 낀 늘씬한 여자의 모습이 눈에 들어왔다.

"저 개간나새끼들 전부 쏴버리라우!"

늘씬한 여자 권보영은 흑사파 놈들이 총을 버리지 않고 머뭇거리자 다시 한 발을 쏴서 한 명을 더 거꾸러뜨렸다.

그제야 흑사파 놈들은 잔뜩 겁먹은 얼굴로 앞다투어 총을 아스팔트에 내던졌다.

정필과 재영, 승희는 권총을 버리지는 않았지만 권총을 쥔 손을 아래로 늘어뜨린 채 가만히 서 있었다.

권보영은 정필을 힐끗 쳐다보고는 그를 지나쳐서 컨테이너 문을 열었다.

"이런 개쌍간나새끼들······."

그녀는 컨테이너 안에 가득 쓰러져 있는 여자아이들을 보고는 화가 치밀어서 욕을 내뱉었다.

허름한 정장을 입고 있는 보위요원들이 흑사파 놈들에게 권총을 겨누고 있는 사이에 권보영은 정필 앞에 마주 보고 우뚝 섰다.

"야, 최정필."

정필은 흑사파를 만난 것보다 권보영을 만난 것이 더 최악의 상황이다.

"너래 지금 뭐 하고 있는 거네? 날래 에미나이들 데리고 가지 못하갔니?"

그런데 권보영의 입에서 정필의 귀를 의심하게 만드는 외침이 터져 나왔다.

"보영아."

"야! 나는 저 에미나이들 데리고 가도 공화국까지 가지 못하고서리 중간에 잡힌다는 말이야! 기니끼니 니가 날래 데리고 가라우!"

"보영아."

권보영이 정필 이마에 권총을 들이댔다.

"이 간나새끼래 원래 이렇게 말이 많았었니야? 날래 앙이 가겠니?"

재영이와 승희가 정필을 재촉했다.

"정필아, 어서 가자."

"오라바이, 공안 오기 전에 날래 갑세다."

정필이 떨어지지 않는 발걸음을 떼어 컨테이너 트럭 운전석으로 달려가는데 권보영이 외쳤다.

"여기에서 막바로 도라꾸(트럭) 돌려서리 가라우!"

그러고는 권보영은 반대 차선으로 뛰어들어 달려오는 차들을 막아서며 컨테이너 트럭이 유턴을 할 수 있는 공간을 만들어주었다.

컨테이너 트럭 핸들을 잡은 재영은 전진 후진을 몇 차례 반복하고는 고속도로 쪽 차선으로 들어섰다.

조수석의 정필이 권보영을 쳐다보니까 마침 그녀도 정필을 보고 있었다.

"야! 최정필! 저 우리 공화국 간나들 잘못되면 너 내 손에 죽는다!"

그렇지만 정필은 끝내 권보영에게 아무 말도 하지 않았다.

정필이 백미러로 뒤를 보니까 놀랍게도 권보영과 보위요원들이 혹사파 놈들을 다 쏴죽이고 있었다.

정필은 급히 창을 열고 뒤돌아보았다. 하지만 산더미 같은 덩치의 트럭들에 가려서 권보영의 모습은 더 이상 보이지 않았다.

권보영과 보위요원들은 그들의 근무지인 북한 온성군 남양보위부에서 무려 900㎞나 떨어진 곳 중국 영토 안에서 중국인을 10여 명이나 사살했다.

권보영과 보위요원들에게 날개가 있지 않은 한 그들은 자신들의 부모, 형제가 있는 공화국에 돌아가지 못하고 중국 공안이나 경찰에게 체포되거나 사살당하고 말 것이다.

권보영은 상부의 명령도 무시한 채 부하들을 이끌고 여기까지 왔다. 아무런 증명서도 없이 그녀와 10명의 보위요원들이 여기까지 온 자체가 기적이다.

권보영이 이곳에 온 이유에는 어떤 흑심이나 사리사욕 같은 것이 있을 리 없다.

단지 머나먼 타국에 창녀로 팔려갈 처지에 놓인 같은 동포 여자아이들을 구해야 한다는 일념뿐이었을 것이다.

그 심정은 정필과 똑같다. 그녀의 정치적 이념이나 사고방식은 정필과 다를지 몰라도 동포애는 똑같았다.

권보영도 정필처럼 혈관 속에 뜨거운 피가 흐르는 배달의 민족인 것이다.

"차 세워요!"

"왜 그래?"

정필이 갑자기 소리치자 재영이 놀라서 물었다.

"당장 차 세우십시오!"

재영이 컨테이너 트럭을 세우자 정필은 승희에게 손을 내밀었다.

"네 휴대폰 줘라."

그는 승희가 내미는 휴대폰을 받아 차에서 뛰어내리고 나서 재영에게 외쳤다.

"위엔씬 전화번호 알죠? 무슨 일 있으면 위엔씬에게 전화하시고 곧장 연길로 가세요!"

"정필아!"

재영이 다급하게 소리쳤을 때 정필은 이미 그곳에 없었다. 재영이 백미러로 보니까 그는 권보영이 있는 곳으로 전력 질주하고 있었다.

애애앵―

사이렌 소리가 요란하게 울렸다.

정필이 조금 전의 현장에 도착했을 때 권보영과 보위요원들은 보이지 않았다.

다만 아스팔트 바닥에 흑사파 조직원이 정확하게 12명이 쓰러져 있었다.

그들은 전부 죽었다. 다친 자는 한 명도 없다. 권보영과 보위요원들이 확인 사살을 했기 때문이다.

공화국 사람을 건드리면 이렇게 된다는 사실을 권보영은 행동으로 보여주었다.

정필이 재빨리 주위를 둘러보니까 저 멀리 단동항 쪽으로 도로변에서 권보영과 보위요원들이 뛰어가고 있는 모습이 보였다.

단동항 쪽으로 향하는 도로는 아수라장이다. 1차선은 완전히 정체됐고 2차선으로 수많은 차가 서행하고 있다.

정필은 앞뒤 차 문이 활짝 열려 있는 일제 렌트카의 문을 모두 닫고 운전석에 올라탔다.

부아아앙―

그는 중앙선으로 질주했다. 죽기 살기로 달리니까 마주 오는 차들은 비켜가고 같은 차선의 차들은 아슬아슬하게 스쳐 지나갔다.

지금 정필은 아무런 계획이 없다. 그렇지만 권보영과 10명의 보위요원을 살려야 한다는 각오만은 분명했다.

빠아앙! 빵빵!

단거리 육상 선수처럼 질주하고 있는 권보영이 가까워지자 정필은 마구 경적을 울렸다.

권보영이 힐끗 뒤돌아보자 정필은 창밖으로 악을 썼다.

"보영아!"

권보영이 멈칫하는 모습이 보였다. 그러더니 그녀는 곧장 차도로 뛰어들어 질주하고 있는 정필의 승용차로 내달렸고, 그 뒤를 3명의 보위요원이 따랐다.

정필은 차를 멈추고 권보영을 기다렸다.

권보영은 정필에게 아무 말도 하지 않고 조수석에 올라탔다.

정필이 뒷자리에 타려는 3명의 보위요원 중 한 명에게 승희의 휴대폰과 지갑에서 돈을 되는대로 집어서 내밀었다.

"이걸 갖고 동료들과 함께 단동항으로 가서 적당한 곳에 숨어 있도록 하시오!"

정필에 의해서 지목된 보위요원은 머뭇거리면서 권보영을 쳐다보았다.

권보영이 소리쳤다.

"받으라우!"

보위요원이 휴대폰과 돈을 받자 정필이 소리쳤다.

"배를 탈 거니까 단동항 어선 부두 쪽에 있어야 하오!"

보위요원이 대답 없이 도로변으로 내달리는 것을 보고 정필은 차를 몰았다.

부우웅—

권보영은 정필을 한 번 힐끗 쳐다보더니 정면을 뚫어지게 주시했다.

그녀는 정필에게 왜 돌아왔느냐고 묻지 않았다. 그것은 정필이 그녀에게 어째서 여자아이들을 자신에게 맡겼느냐고 묻지 않는 것이나 같은 이유일 것이다.

애애앵—

그때 정필의 차가 달리고 있는 도로 앞쪽에서 사이렌 소리가 울렸다. 중앙선을 타고 달리던 정필은 즉시 1차선으로 들어와 다른 차들에 섞여들었다.

잠시 후에 학대고속도로 램프로 향하는 도로 위를 3대의 경찰차가 스쳐 지나갔다.

그런데 잘 달리던 차들의 속도가 점차 느려지더니 어느 순간 정지했다.

"검문이로군."

정필이 혼잣말처럼 중얼거리자 권보영이 힐끗 그를 쳐다보더니 안전벨트를 풀었다.

척!

정필이 팔을 뻗어 차에서 내리려는 동작을 취하는 권보영의 손을 잡았다.

"그냥 있어."

"어카자는 거이야?"

정필은 권보영의 손을 잡은 손에 약간 힘을 주었다.

"길림성 당서기 특수 보좌관이라는 신분이 여기서도 조금쯤은 먹힐 거다."

앞 차들이 조금씩 앞으로 전진을 했고 정필의 차도 따라갔다.

권보영은 자신의 손을 잡고 있는 정필의 커다란 손을 물끄러미 내려다보았지만 뿌리치지 않았다.

그때 문득 그녀는 남양보위부에서 실컷 두들겨 팬 정필을 침대에 묶어놓고는 둘 다 바지만 벗고 그를 강간했던 일이 떠올랐다.

그때 그녀는 어이없게도 생전 처음 오르가즘이라는 것을 느꼈었다.

물론 그녀는 이전에도 몇 번 북한 남자와 성관계를 가졌었지만 오르가즘이라는 것은 느껴본 적이 없었다. 아니, 그런 것이 존재하는지조차도 몰랐었다.

정확하게 꼽아보자면 그녀는 예전에 네 번 성관계를 한 적이 있었다.

20살 때 서로 열렬히 사랑하는 5살 연상의 상관이었다. 깨끗한 방의 좋은 침대에서 서로 사랑하는 연인들끼리 관계를 했는데도 그녀는 아무런 감흥을 느끼지 못했었다.

더 극단적으로 말하자면, 김길우네 집에서 처음 정필에게 후배위의 치욕적인 자세로 강간을 당했을 때에도 그녀는 오르가즘까지는 아니더라도 묘한 쾌감과 흥분을 느꼈었다.

그거에 비하면 예전에 연인이었던 상관하고 가졌던 네 번의 관계는 너무도 무미건조했었다.

이후 연인이었던 그 상관은 권보영의 성격이 순종적이지 못하다는 이유로 일방적인 결별을 선언했고, 그 이후로 그녀는 남자에게 무조건적으로 반항하는 트라우마적인 성격이 형성됐었다.

어느덧 전방에 바리케이트가 쳐진 임시 검문소가 나타났

고, 정필의 차 앞에 5대의 차가 순서를 기다리고 있다.

그런데 무장한 경찰과 공안들이 천천히 도로를 따라 걸어오면서 차 안을 살피며 운전자와 동승자에게 신분증을 요구하고 있었다. 차량이 정체되니까 미리 검문을 하려는 의도 같았다.

정필은 자신이 잡고 있는 권보영의 손에 힘이 들어가는 것을 느꼈다.

정필은 뒷좌석을 힐끗 뒤돌아보고 모두에게 명령하듯이 말했다.

"모두 긴장하지 말고 편안하게 있도록 하시오. 윗도리는 벗는 게 좋겠소."

권보영과 두 명의 보위요원은 주섬주섬 윗도리를 벗었고 정필은 히터를 켰다.

"내가 알아서 할 테니까 태연하게 얘기라고 나누시오. 이왕이면 담배라도 피우는 게 좋을 거요."

담배라는 말이 떨어지자마자 권보영과 두 명의 보위요원은 재빨리 담배를 꺼냈다.

정필이 권보영 입에 물려 있는 담배를 뺏었다.

"너는 피우지 말고."

중국에서 담배를 피우는 여자는 술집 여자나 나이든 여자들뿐이라는 걸 권보영도 잘 알고 있다.

정필은 권보영이 물었던 담배를 자신의 입에 물었다.

"불붙여야지."

"너……."

불붙이라는 정필의 말에 권보영은 발끈해서 몸을 꼿꼿하게 세우고는 사나운 눈빛으로 정필을 쏘아보았다.

정필은 경찰과 공안이 바로 앞 차를 검문하고 있는 걸 턱으로 가리켰다.

"지금 나랑 싸울래?"

"음."

권보영은 낮은 신음을 흘리더니 라이터를 꺼내서 정필 담배에 불을 붙여주었다.

앞 차의 검문이 끝나고 경찰 한 명과 공안 한 명이 정필의 차로 걸어오는 것을 보면서 정필이 중얼거렸다.

"보영아, 나한테 기대라. 그리고 뒷자리의 당신들 좀 더 편안한 자세를 취하시오."

그의 말과 함께 두 명의 보위요원은 거의 눕듯이 비스듬히 앉고 한 명은 다리를 꼬고 반쯤 연 창밖으로 담뱃재를 툭툭 털었다.

하지만 권보영은 정필에게 기대지 않고 쭈뼛거렸다.

정필이 팔을 뻗어 그녀를 잡아당겨서 고개를 어깨에 기대게 해주고는 그녀의 허벅지에 손을 얹었다.

"너 종간나……."

권보영이 선글라스 너머로 눈을 하얗게 떴다.

그때 운전석 쪽으로 다가온 공안이 정필에게 손을 내밀었다.

"씽웬, 션펜쩡(검문이오, 신분증)."

정필은 입에서 담배를 뻐끔거리고 오른손으로는 권보영의 허벅지를 쓰다듬는 불량스러운 자세를 취하면서 왼손으로 품속에서 신분증을 꺼내 공안에게 내밀었다. 그러고는 거만한 어조로 말했다.

"썸머씨(무슨 일이냐)?"

공안은 인상을 쓰면서 정필의 신분증을 보다가 깜짝 놀라 부동자세를 취했다.

"요우쭈이(죄송합니다)!"

그때 마침 조수석 쪽의 경찰이 권보영에게 손을 내밀며 신분증을 요구하고 있었다.

공안은 경찰에게 급히 손을 저으며 물러서라고 명령했다.

이어서 공안은 정필에게 고속도로 램프 근처에서 살인 사건이 발생해서 범인을 잡으려고 검문을 하는 중이라고 설명하고는 경례를 붙이고 통과시켰다.

"휴우… 간이 콩알만 해졌소."

"내래 오줌 싸는 줄 알았소."

임시 검문소를 통과한 후에 뒷자리의 보위요원 두 명이 한숨을 내쉬면서 엄살을 부렸다.

권보영은 정필 입에서 담배를 뽑아서 길게 한 모금 빨고는 코웃음을 쳤다.

"못난이들, 혼소바루(똑바로) 하라우."

두 명의 보위요원은 멋쩍게 머리를 긁적였다.

정필은 권보영 허벅지에 얹은 손을 안쪽으로 밀어 그곳을 손가락으로 어루만졌다.

"너도 젖었는데?"

"이……."

권보영은 발끈했지만 발작하지는 않았다. 오히려 그녀는 지금 이 상황이 묘하게 편안했다.

정필에게 기대어 있고, 그가 자신의 그곳을 어루만지는 이 상황이 어쩌면 그녀가 꿈꾸던 삶의 최종 목표였는지도 모른다는 얼토당토않은 생각마저 들었다.

"후우… 이제 어디로 가는 거네?"

정필은 그녀의 그곳에서 손가락을 떼며 대답했다.

"부두로 가서 배를 불러야지."

"배를 불러? 뉘기 배를 부른다는 거이야?"

두 사람의 목소리는 작아서 마치 연인끼리 속삭이는 것 같았다. 더구나 권보영은 여전히 상체를 기울여 정필의 어깨에 고개를 기대고 있는 자세다.

정필은 권보영의 허벅지를 쓰다듬었다.

"날 믿어라."

권보영은 단동항 어선 부두 주차장에 도착할 때까지 정필 어깨에 고개를 기대고 있었다.

끼릭…….

"내리자."

정필이 주차 브레이크를 당기면서 말하자 깜빡 잠들었던 권보영은 그제야 자신이 줄곧 그의 어깨에 고개를 기대고 있었다는 사실을 깨달았다.

"이거이……."

그녀는 움찔 놀랐으나 더 이상 뭐라고 말하지 않았다.

정필은 차에서 내려 승희의 휴대폰으로 전화를 걸었다.

"어디요?"

권보영의 부하 보위요원이 전화를 받자 정필이 물었다.

—여기가 어딘지 모르갔소.

정필은 주위를 두리번거리다가 주차장 사무실을 발견하고 곧장 그곳으로 갔다.

"주위에 뭐가 있는지 말해보시오."

정필은 전화를 끊지 않은 상태에서 주차장 사무실에 앉아

있는 두 명의 중국인 직원에게 신분증을 내밀어 보여주고는
짧게 말했다.

"디투(지도)."

직원은 정필의 신분증을 제대로 보지 못했지만 신분증에
금빛과 붉은 줄이 쳐져 있고 큰 글씨로 '특수(特殊)'라고 적힌
걸 보고는 바짝 얼었다.

"저… 저기 있습니다."

"추취(나가라)."

정필이 벽에 붙어 있는 지도 쪽으로 걸어가면서 말하는 데
도 직원들이 쭈뼛거리는 걸 보고 권보영이 유창한 중국어로
차갑게 호통을 쳤다.

"쓰씨양마? 리커추취(죽고 싶으냐? 당장 나가라)!"

두 명의 직원은 꽁지에 불이 붙은 것처럼 밖으로 쏜살같이
튀어 나갔다.

정필은 지도를 보면서 보위요원과 통화를 했다.

"거기가 어딘지 알겠소. 내 말 잘 들으시오."

그는 지도의 한 곳을 짚으면서 말했다.

"앞에 다리가 있소?"

―큰 다리가 있는데 검문을 하고 있소.

그 다리가 빈해교이며 그곳을 건너 400m쯤 오면 정필 등이
있는 곳이다.

그렇지만 다리를 건너지 못하면 아무리 가까운 곳에 있어도 아무 소용이 없다.

공안과 경찰이 검문을 하고 있는 한 보위요원들이 그곳을 통과할 가능성은 제로다.

"지금 몇 명이 있소?"

ㅡ8명 다 같이 있소."

"자, 그럼 이렇게 합시다."

정필은 지도를 살피다가 빈해교에서 강을 따라 하류 쪽으로 죽 훑어 내렸다.

"그 다리에서 하류 쪽으로 300m쯤 내려오면 어선 부두가 있을 거요."

그 어선 부두는 지금 정필 등이 있는 어선 부두하고는 다른 지역이며, 정필이 육상을 통해서 그곳으로 가려면 빈해교를 건너는 방법뿐이다.

"그 부두로 가서 식당 같은 곳에 들어가서 식사라도 하면서 기다리시오. 자리를 잡고 나서 나한테 전화하시오. 그 휴대폰 1번을 길게 누르면 나하고 통화될 것이오."

ㅡ알았소.

"8명이 몰려다니지 말고 두세 명씩 떨어져서 가시오."

ㅡ중대장 동지 바꿔주시오.

권보영은 정필이 내민 휴대폰을 받지도 않고 짧게 한마디만 내뱉었다.

"시키는 대로 하라우."

정필은 담배를 한 대 물고 주차장 사무실의 낡은 소파에 앉아서 꽁타첸에게 전화를 했다.

"꽁타첸 씨."

—따거!

"준비 끝났습니까?"

—거의 끝났습니다. 일은 잘되셨습니까?

"문제가 좀 생겼소. 지금 올 수 있겠습니까?"

—10분 내로 출발할 수 있습니다.

"그럼 당장 오시오."

—어디에 계십니까?

"아까 내려주었던 어선 부두요."

—알겠습니다. 즉시 출발하겠습니다.

정필 옆에 앉은 권보영은 테이블에 내려놓은 정필의 담배 오마샤리프를 집어서 한 개비를 뽑아 입에 물고는 라이터를 켜서 정필부터 불붙여주었다.

"보영아."

정필이 권보영 쪽으로 약간 몸을 틀면서 말하자 그녀는 상체를 뒤로 젖히며 담배 연기를 내뿜었다.

"말하라우."

"어디에 데려다 줄까?"

권보영이 정필을 쳐다보았다. 짙은 선글라스 안쪽의 눈이 무척이나 크고 아름다웠으며 속눈썹이 유난히 길었다.

"무시기 소림메?"

"배가 올 거니까 그걸 타고 가면 된다."

"그 배가 북조선에도 갈 수 있네?"

"평남 온천읍하고 압록강 연안이면 다 갈 수 있다. 배에서 내린 다음에는 너희들이 알아서 하고."

"음."

권보영은 금세 대답하지 못하고 인상을 찌푸렸다.

정필은 아예 이참에 권보영을 귀순시키면 어떨까 생각해서 손을 뻗어 그녀의 허벅지에 얹었다.

"보영아, 내 의견을 말해보겠다."

권보영은 맞은편에 앉은 부하들을 슬쩍 보더니 허벅지에 얹은 정필의 손을 치웠다.

"니 의견 같은 거이 듣고 싶지 않다."

정필은 그녀가 부하들 때문에 진지한 대화를 꺼려한다는 사실을 간파했다.

"너 어케 된 거이야?"

권보영이 궁금하게 여기던 것을 이제야 물었다.

"너래 남양보위부를 어케 하고서리 여기 온 거이야?"

그녀는 정필이 단동에 와서 설치고 다닐 정도면 남양보위부를 가만히 놔두지 않았을 것이라고 짐작했다.

"그게……"

"솔직하게 말하라우."

"알았다."

정필이 남양보위부를 어떻게 했는지 설명하는 동안 권보영과 두 명의 보위요원은 꼼짝도 하지 않은 채 그를 무섭게 노려보고 있었다.

"내 생각은 이렇다."

"아가리 닥치라우. 너 새끼 생각 따윈 듣고 싶지 않아!"

정필이 입을 열자 권보영이 날카롭게 외쳤다.

그렇지만 정필은 상관하지 않고 말했다.

"흑사파 놈들이 유럽에 팔려고 했던 120명의 여자아이나 남양보위부에 갇혀 있던 513명의 북송 탈북자나 같은 신세라고 생각한다."

"그게 어케 같니?"

"둘 다 앞이 보이지 않는 신세라는 점에서 같다."

"말도 안 되는……"

"여자아이들이 유럽에 팔려가서 양코백이 놈들 노리개가

되어 살다가 죽는 것이나, 남양보위부에 있다가 정치범수용소나 교화소로 끌려가서 중노동을 하다가 굶어서 죽는 것이나 뭐가 다르니?"

"……."

권보영은 말문이 막히는지 아무 말도 하지 못했다.

그때 정필의 휴대폰이 울렸다.

—어선 부두에 도착해서리 식당에 들어왔소.

권보영의 부하다.

"기다리시오."

—얼마나 기다리면 되갔소?

"2~3시간이면 될 거요."

—알갔소.

꽁타첸이 직접 모는 30톤급 어선은 단동항 어선 부두에 밤 9시쯤 도착했다.

정필은 권보영, 두 명의 보위요원과 함께 어선에 올랐다.

"들를 곳이 있습니다."

정필은 꽁타첸에게 8명의 보위요원들이 있는 어선 부두를 가르쳐 주고 나서 물었다.

"얼마나 걸립니까?"

"10분이면 갈 겁니다."

정필은 그들에게 전화를 걸었다.

"10분 후에 배가 그곳에 도착할 테니까 부두로 나오시오. 이쪽에서 불빛으로 신호를 보내겠소."

15분 후에 꽁타첸의 어선은 보위요원 8명을 태우고 강 하구로 내려오고 있었다.

"단동에서 엄청난 살인 사건이 일어나서 육상하고 해상에 검문이 철저해졌다고 합니다."

방송을 듣고 또 어업 지도부와 무선을 주고받던 꽁타첸이 정필에게 말했다.

"따거께서 그 일과 관계가 있습니까?"

정필이 고개를 끄떡이자 꽁타첸의 얼굴이 굳어졌다.

"단동 근처에서 얼쩡거리다간 좋은 꼴 못 볼 겁니다."

"어떻게 하는 게 좋겠습니까?"

"일단 위해로 돌아갔다가 의논을 해서 결정하십시오."

정필은 권보영을 쳐다보았다. 그녀는 중국어에 통달했기 때문에 정필과 꽁타첸의 대화를 다 들었다.

"위해에는 뭐가 있니?"

정필은 꽁타첸을 가리켰다.

"이 사람의 집이 있고 내 사업체가 있다."

권보영은 잠시 생각하다가 고개를 끄떡였다.

"가자우."

그녀로선 선택의 여지가 없다.

이곳은 꽁타첸네 집 이 층이다.

보위요원 10명은 꽁타첸이 잘 아는 인근 여관으로 안내해서 투숙시켰으며, 정필과 권보영은 술을 마시다가 그냥 이곳에서 잠들었다.

술이 꽤 많이 취한 정필과 권보영은 자다가 거의 비슷한 시간에 깨어났으며, 그때부터 두 사람은 비지땀을 뻘뻘 흘리면서 싸우고 있는 중이다.

권총이나 주먹다짐 싸움이 아니라 옷을 모두 벗고 서로를 부둥켜안은 채 물고 빨면서 하는 그런 싸움이다.

"너… 최정필… 내가 너래 사랑하는 거이 알고 있었지?"

"그걸 말이라고 하니?"

두 사람은 씨근거리면서 취중진담을 나누었다.

"너래 나랑 이거이 하고 싶어서리 나만 보면 사타구니 걷어차지 않았니?"

"맞다. 어떻게 알았니?"

갑자기 권보영이 자지러졌다.

"아아… 너… 너래 원래 이케 컸니?"

정필은 저돌적으로 몰아붙이며 씨근거렸다.

"내 건 사랑하는 만큼 커진다."

"아아… 너… 너래… 이 종간나새끼……."

3분쯤 후에 권보영은 온몸으로 정필에게 매달리면서 우는 소리를 냈다.

"아아… 여보… 나그네… 사랑해… 참말로……."

연길에 도착한 정필은 곧장 흑천상사 이 층 김길우네 집으로 갔다. 한편 권보영 일행은 꽁타첸 직원이 모는 어선을 타고 평남 온천읍으로 향했다.

그녀와 헤어진 정필은 위해시를 떠나 단동항 페리 부두에 들러 레인지로버를 찾아서 타고 오는 도중에 재영과 김길우에게 각각 전화를 했었다.

재영은 연길에 무사히 도착해서 120명의 여자아이를 엔젤하우스와 베드로의 집, 평화의원에 분산해서 생활하도록 했다고 말했다.

그런데 김길우는 어떤 설명도 없이 그냥 정필이 연길에 도착하는 즉시 자기네 집으로 오라는 말만 했었다.

김길우네 집 거실 소파에는 머리카락이 새하얀 한 쌍의 노인 부부가 다정하게 앉아 있었다.

김길우는 그 노인 부부가 두만강에서 은애를 건졌으며 그들은 조선속이라고 설명해 수었다.

"두 분께서 은애 씨 장례를 치러주셨군요."

"앙이오. 그거이 무슨 말이오? 어케 살아 있는 사람을 장사를 치른다는 말이오?"

"……"

정필의 말에 노인이 '허허!' 웃으면서 손을 저었다.

정필은 어리둥절해졌다.

"무슨 말씀입니까? 살아 있는 사람이라뇨?"

노인의 말인즉 이랬다.

작년 초겨울, 그러니까 11월 15일 새벽에 두만강에 쳐놓은 그물을 걷으러 나갔는데 거기에 벌거벗은 젊은 여자 시체가 걸려 있었다.

노인은 장사를 지내줄 생각으로 여자의 시체를 건져냈는데 가만히 살펴보니까 여자가 죽은 게 아니라 살아 있었다. 아주 희미하게 숨이 붙어 있고 흐릿하지만 맥도 뛰었다.

그래서 그 길로 근처의 가장 큰 도시인 용정의 병원으로 여자를 보냈는데 그때부터 깨어나지 못하고 줄곧 혼수상태에 빠져 있었다.

용정병원의 의사들은 여자가 식물인간이니까 그만 포기하라고 설득했으나 노인 부부는 듣지 않았다. 자식이 없는 자신들에게 하늘이 내린 선물이라면서 돈은 얼마가 들어도 좋으니까 여자를 꼭 살려 달라고 애원했다.

노인 부부는 그때부터 모든 일을 내팽개치고 병원에서 숙식을 하면서 여자 곁에 붙어서 간호를 하면서 생활했다.

그렇게 속절없이 세월이 흘러가던 중에 지성이면 감천인가 어느 날 갑자기 여자가 혼수상태에서 깨어난 것이다.

노인 부부는 눈물을 펑펑 흘리면서 자신들의 정성이 하늘에 닿았다고 기뻐했다.

그런데 깨어난 여자는 백치나 다름이 없었다. 벙어리처럼 말도 하지 못했으며, 글도 몰랐고, 자신이 누군지도 모른 채 그저 어린아이처럼 시키는 것만 묵묵히 할 따름이었다.

노인 부부는 여자를 데리고 자신들이 사는 집으로 돌아가서 그때부터 그녀를 자신들의 친딸처럼 귀하게 여기며 며칠 전까지 살아왔다는 것이다.

노인이 정필에게 꼬깃꼬깃한 전단지를 내밀었다. 거기에는 은애의 사진과 그녀에 대해서 알려주면 사례를 하겠다는 글이 적혀 있었다.

"작년에 내가 물에서 건진 여자가 이 여자요."

정필은 거의 제정신이 아니다. 노인 부부의 말에 의하면 은애가 살아 있다는 것이다.

"혹시… 그 여자가 깨어난 날이 언제였습니까?"

정필은 뭔가 짚이는 게 있어서 조심스럽게 물었다.

노인은 생각할 것도 없다는 듯 대답했다.

"올해 1월 6일이었소."

"아……."

정필은 자신도 모르게 부르르 몸서리를 쳤다. 올해 1월 6일에 정필은 은애와 함께 위엔씬을 찾아갔었고, 장춘 위엔씬의 별장 화장실에서 은애가 갑자기 사라졌었다.

그러니까 정리해 보면 이렇다. 은애가 혼수상태였을 때 그녀의 혼령이 두만강에서 울면서 정필을 불렀고, 이후 줄곧 그와 같이 지내다가 그녀의 혼령이 갑자기 사라져서는 용정병원에서 혼수상태에 빠져 있던 그녀가 깨어난 것이다.

정필은 입안에 침이 바싹 마르는 것을 느꼈다.

"은애 씨는… 그녀는 같이 오지 않았습니까?"

김길우가 예전 정필이 사용하던 방을 가리켰다.

"은애 씨는 여기에 들어오자마자 저 방에 들어가더니 나오지를 않습다."

정필은 일어나서 얼마 전까지 자신이 사용했던 방으로 천천히 걸어갔다. 그 방에는 예전에 은애하고도 자주 들어갔었다.

그는 걷는 게 아니라 허공을 허우적거리는 것 같았고, 심장이 너무 거세게 뛰어서 이대로 죽는 게 아닌가 여겨질 정도로 흥분했다.

그는 방문 앞에서 크게 심호흡을 했다. 이 방문 너머에 살아 있는 은애가 있다는 사실이 도저히 믿어지지 않았다.

딸깍······.

드디어 방문을 열고는 천천히 밀면서 들어갔다.

"······."

그러다가 뚝 걸음을 멈추었다. 그의 시선은 침대 위에 고정되었는데 그곳에 정말이지 은애가 다소곳이 앉아 있다가 막 방으로 들어서고 있는 정필을 바라보았다.

그런데 은애가 입고 있는 꽃무늬 투피스를 보는 순간 정필은 눈물이 핑 돌았다. 그 옷은 지난달 2월 10일에 정필이 은애의 혼령을 달래려고 두만강에서 굿을 해줄 때 연길백화점에서 산 바로 그 투피스였다.

그때 정필은 무당이 투피스를 불에 태워서 재가 하늘로 흩어지는 것을 똑똑히 봤었다. 그런데 그것과 똑같은 투피스를 은애가 입고 있는 것이다.

뒤따라 방에 들어온 노인이 설명했다.

"지난달에 저 아이를 데리고 연길백화점에 왔었는데 저 옷 앞에서 통 떠나지 않고 만지작거리는 거이 앙이갔소? 그래서 입고 싶으냐고 물었더니만 희한하게도 저 아이가 고개를 끄떡입디다. 그래서 사줬소."

할머니가 설명을 덧붙였다.

"집에서도 노상 저 옷만 입고 있지 않았겠슴둥? 하두 저 옷만 입어서리 이자 옷이 너덜너덜해지고 말았지비."

정필이 은애를 바라보며 조용히 물었다.

"연길백화점에 언제 오셨습니까?"

총기가 밝은 노인은 즉시 대답했다.

"2월 10일이오. 오전 11시쯤 됐었소. 주인 말이 옷이 딱 두 벌 있는데 나머지 한 벌은 누가 사갈지 모르겠다고 말했던 기억이 나오."

'맙소사……'

정필이 먼저 사고 나중에 은애가 저 투피스를 고른 게 아니었다. 그때 정필은 연길백화점에서 11시 30분쯤 저 옷을 샀고, 그때 주인은 조금 전에 예쁜 아가씨가 똑같은 옷을 먼저 사갔었다고 말했었다.

정필은 더 이상 견디지 못하고 은애 앞으로 다가갔다. 늘 그녀의 벌거벗은 모습만 보다가 투피스를 입고 있는 모습이 어색할 법도 한데 이상하게도 그런 생각이 조금도 들지 않고 오히려 벗은 모습보다 더 익숙했다.

은애는 자신 앞에 무릎을 꿇고 상체를 세운 정필을 천진난만한 모습으로 말끄러미 바라보았다. 그런 그녀를 보면 정필을 알아보지 못하는 게 분명했다.

"은애 씨."

정필이 불렀지만 은애는 생글생글 웃기만 할 뿐 전혀 그를 알아보지 못했다.

"이를 어쩌면 좋음까? 은애 씨가 터터우를 알아보지 못하는 모양임다."

김길우가 안타깝게 발을 동동 굴렀다.

정필은 물끄러미 은애를 바라보다가 문득 어떤 생각이 나서 품속에서 칼 하나를 꺼냈다.

권보영에게 붙잡혔을 때 그녀에게 뺏겼다가 어제 아침 위해시에서 헤어질 때 그녀가 돌려준 척사검이다. 사악함을 물리친다는 은애 집안의 가보다.

스웅…….

정필은 척사검을 뽑아서 은애 앞에 조심스럽게 내밀었다.

문득 척사검에서 푸른 광채가 은은하게 뿜어져서 정필과 은애의 얼굴을 여리게 물들었다.

그러더니 갑자기 은애가 부르르 세차게 몸을 떨었다.

"아아……."

정필은 긴장된 표정으로 뚫어지게 그녀를 주시했다.

그때 은애의 눈이 화등잔처럼 커다랗게 떠졌다.

"옴마야……."

은애를 벙어리라고 생각했던 노인 부부는 깜짝 놀랐다.

은애는 벌떡 일어나서 두 손을 자신의 가슴에 포개듯이 얹고는 비명을 질렀다.

"정필 오라바이!"

은애는 크고 아름다운 눈에서 폭포처럼 눈물을 쏟으며 몸을 떨었다.

"오라바이… 참말로 정필 오라바임까?"

정필은 굵은 눈물을 뚝뚝 흘리면서 고개를 끄떡였다.

"맞습니다. 내가 바로 최정필입니다."

그가 두 팔을 벌리자 은애가 쓰러지듯이 그의 품에 안겼고, 두 사람은 서로의 몸이 으스러지도록 힘껏 껴안았다.

"정필 오라바이… 이거이 꿈임까, 생시임까……?"

그때 거실 쪽에서 재영의 고함 소리가 들렸다.

"정필아! 어디 있냐?"

잠시 후 정필이 있는 방으로 재영이 들어오면서 우렁우렁한 목소리로 말했다.

"야! 정필아! 다혜 씨 깨어났단다! 깨어나자마자 너 어디 있느냐고 소리 지르고 난리란다!"

재영은 신나게 떠들다가 방 안에 여러 사람이 있는 걸 발견하고 어리둥절한 표정을 지었다. 그러고는 정필 품에 안겨 있는 은애를 보며 뜨악한 얼굴로 물었다.

"누구시냐?"

은애가 정필의 품에서 빠져나와 재영에게 살짝 고개를 숙였다.

"안녕하심까, 팀장님? 저는 정필 오라바이 각시 조은애임다."

"팀장님? 나를 아십니까?"

은애는 묘한 미소를 지었다.

"알다 뿐임까?"

그녀는 정필 품에 살포시 안겨서 그의 가슴을 매만졌다.

"저 없는 동안에 정필 오라바이가 무슨 일을 했는지 이자는 환하게 알 수 있슴다."

재영이 고개를 절레절레 가로저었다.

"이 여자분, 신기(神氣) 있으시냐?"

정필은 품속의 은애를 꼭 안았다.

"신기고, 뭐고 이제는 절대로 은애 씨를 잃어버리지 않을 겁니다."

은애가 종달새처럼 종알거렸다.

"저둠다."

『검은 천사』 완결

이모탈 퓨전 판타지 소설
FUSION FANTASTIC STORY

용병들의 대지
Road of
Mercenaries

이 세계엔 3개의 성역이 존재한다.
기사들의 성역, 에퀘스.
마법사들의 성역, 바벨의 탑.
그리고… 그들의 끊임없는 견제 속에 탄생하지 못한

『용병들의 대지』

전쟁터의 가장 밑을 뒹굴던 하급 용병 아론은
이차원의 자신을 살해하고 최강을 노릴 힘을 가지게 된다.

**그의 앞으로 찾아온 새로운 인생!
아론은 전설로만 전해지던
용병들의 대지를 실현시킬 수 있을 것인가!**

Book Publishing CHUNGEORAM

유행이너머 자유추구
WWW.chungeoram.com